金沢 洋食屋ななかまど物語

上田聡子

PHP
文芸文庫

○本表紙デザイン＋ロゴ＝川上成夫

金沢 洋食屋ななかまど物語

Menu

The Story of Nanakamado Restaurant in Kanazawa

「洋食屋ななかまど」がある辺り

ひがし茶屋街
卯辰山
卯辰山公園
梅ノ橋
百万石通
浅野川
桜町
百万石通
兼六園
浅野川
小立野通
湯涌温泉
小立野

金沢市街図

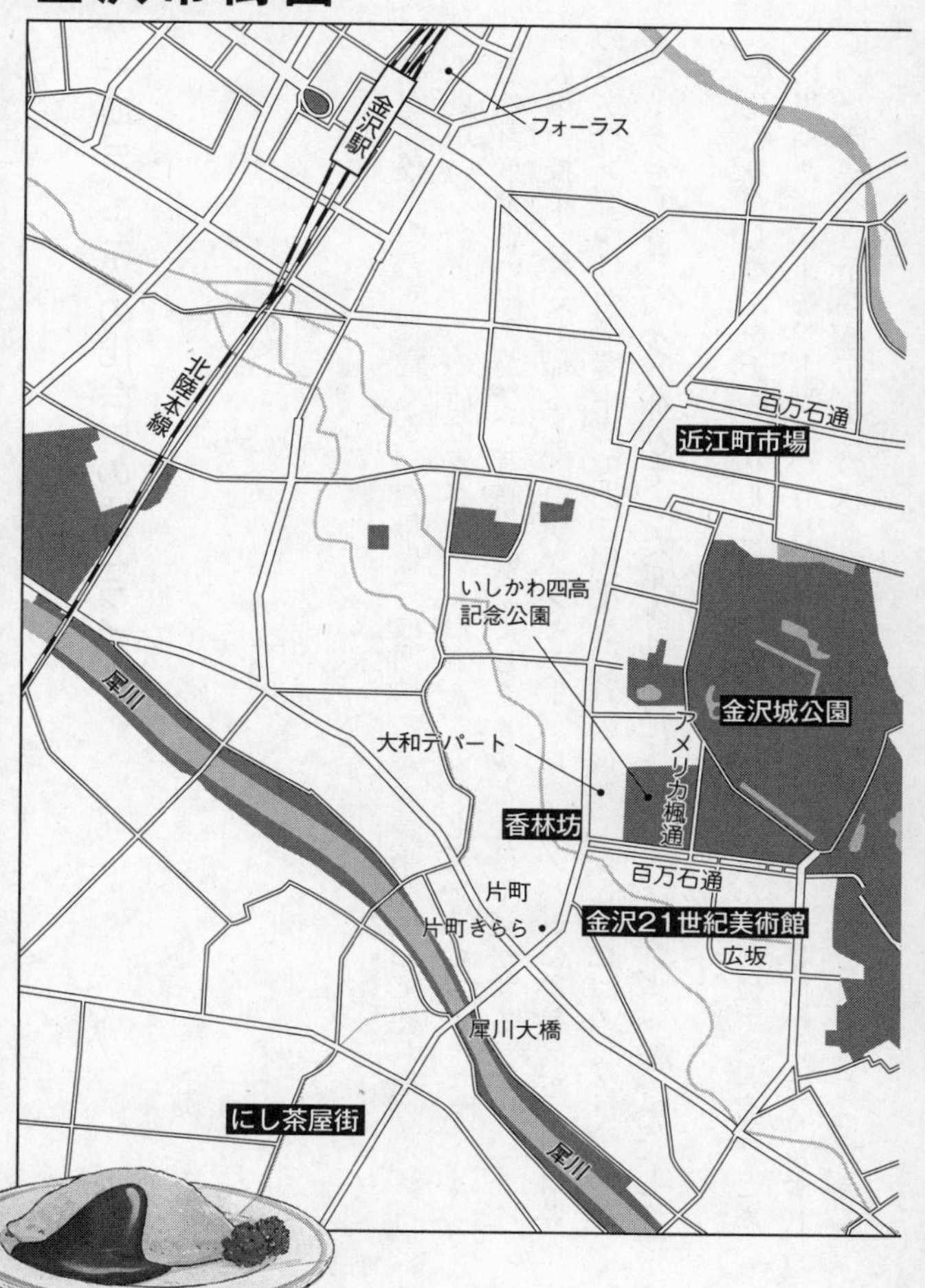

The Story of Nanakamado Restaurant in Kanazawa

一皿目　二人の出会いのオムライス

1

私が高校生のときに亡くなった母は、最期にこんな言葉を遺してくれた。

『千夏がいるから、この店は安泰ね。お母さん、安心しているわ』

その言葉を思い出すたび、背筋がいつでもきゅっと伸びる気がする。

大学の授業を終えて帰ると、白シャツとベージュのチノパンに着替えて、焦げ茶のエプロンをつけた。背中まである黒髪を、首の後ろでひとつにゴムでくくる。軽くメイクをし直し、少し伸びていた爪を切り揃える。ネイルなどはめったにしない。

姿見で身だしなみをチェックしながら、私の顔、だんだん母に似てきたな、とふいに思った。アーモンド型のつり目が母そっくりだと、子ども時代からよく言われていたけど、口元や鼻筋などのパーツも、年々母の面影をなぞるようになってきていた。母はもういないけど、母の形見のエプロンを身に着けるたびに、気持ちがひきしまる。

洗面所に入りハンドソープで手を洗うと、私は「よしっ」と言って、店へと続く廊下からの階段を下りて行く。

店内に入ると、アルバイトの本多（ほんだ）さんが「千夏さん、お帰りなさい」と言って迎えてくれた。厨房（ちゅうぼう）から父も「おー、千夏、帰ったか」と野太い声をかけてきた。

「この店」――洋食屋なかまどは、私の実家だ。私の祖父が昭和四十年にこの店の前身である食堂を立ち上げ、父が平成七年に店を継いで洋風の内装に改めると、「洋食屋なかまど」と店名を変えた。それからずっと、ご近所さんたちやふらりと立ち寄る観光客の方々に、来ていただける店となっている。

古くからの歴史と伝統が息づく城下町、金沢。その市内中心部から少し外れ、金沢城から見て東の位置に、季節ごとの花の名所でもある卯辰山（うたつやま）がある。春には桜やツツジ、初夏には紫陽花（あじさい）と、訪れる人の目を楽しませているが、そんな卯辰山のふもとには浅野川（あさのがわ）が流れ、その川沿いの桜町（さくらまち）に、洋食屋なかまどは店を構えていた。

白地の壁には、等間隔で小さな額に入った絵が掛けてあり、木目の床は毎日掃き清められている。温かい色の照明がテーブル席を照らし、赤と白のチェックのテーブルクロスが全体のトーンを統一している。カウンターが七席、二人掛けテーブルが二席、四人掛けテーブルが三席、計二十三席のこぢんまりとした店内だ。
私、神谷千夏はこの店の一人娘として生まれ育ち、現在は市内の大学に通いながら、夜はこうしてウェイトレスとして店に立っている。コックは店長である父一人で、四十代の本多さんが盛り付けなどを手伝っている。私が授業でいない平日の日中は、彼女が注文聞きをしてくれていた。

　金曜日の夜は平日であってもやはりお客さんが多い。土日ほどではないにせよ、仕事帰りのサラリーマンや、授業を終えた学生、家族連れなどでそこそこ混み合っていた。

「ハンバーグ定食二つ、一つはガーリックソース、もう一つは和風大葉ソース、ミートソーススパゲティ、海鮮ドリア、お子様用の取り皿もつけて。以上でよろしいでしょうか」

　なめらかに私の口から流れ出た注文の復唱を、四人家族のお客さんは満足気に聞いている。うちの店では、全部注文は紙に手書きだ。古い店だから、注文用の機械など存在しない。

　私と本多さんは、ひっきりなしの注文を厨房の父に伝え、料理を運び、皿を下げ、ちょっとの時間ができるたびに皿やカトラリーを洗った。私は高校に入学した十五歳のときからウェイトレスとしてなかなかまどに立っているから、もうやるべきことは体が全部覚えている。

「今日はなかなか忙しいですね」

私に向かってハンカチで汗をぬぐいながらそうつぶやいた本多さんは、もう五年もなかなかまどで働いてくれている、すごく頼もしいスタッフだ。その本多さんが忙しいというのだから、今日はやはりお客さんが多い。ありがたいことだ、と思いながら、私はまた新たなお客さんが入ってきたことを確認すると「いらっしゃいませー」と声をかけた。慌ただしいけど、充実感があった。

高校を卒業したら大学へは行かず、すぐなかなかまどで働くつもりだったのだが、父は『どうせ同じ町にあるんだから大学ぐらい行っとけ』と学費を出してくれた。それでいまは、人生勉強として大学で経営学を専攻しつつ、いずれはこの店を継げるように準備をしている。

お客さんの注文を聞いて、厨房の父に伝え、出来上がってきた料理を熱いうちに各席へと運ぶ。レジを打ち、閉店したら売上を計算する。それが私のほぼ毎日のルーティンワークとなっていた。

ここは、父と亡き母と私の三人の城であり、我が家なのだった。ここを一生、守り続けていくのが私の望みなのだ。

私はまだ二十一歳だけど、一生続けたい「家業」という天職をすでに見つけていた。そこに一切、迷いはなかった。

だが、父には父の目論見があった。

『千夏があと四、五年して良い年ごろになったら、腕のいいコックを、婿として迎えよう。そうして、俺は適当な時期に引退して、千夏にこの店をやろう』

それはとても嬉しい言葉だったのだけれど、私の胸のうちには、もやもやとくすぶる火種があった。

――私には、好きな人がいた。「店を継ぐ」という私の一番大切な夢を、たぶん一緒には叶えてくれない人に、私はずっと前から恋をしていた。

客足が落ち着いてきた午後八時半、レジ台横の電話がリリリンと鳴り響く。

「はい、ななかまどです」

よそいきの少し高めの声で応対した私に、電話の主の男性はくくっと忍び笑いを漏らした。

「丹羽ですが。いまオムライスの出前頼める？」

私の心臓が跳ね上がった。丹羽悠人から電話が来たのはひと月半ぶりだった。現在お客さんは三組。九時に閉店だから、もうラストオーダーの時間はぎりぎりだ。

——と、ざっと頭の中で考えると、私は受話器から耳と口を離し、厨房の父に大声で聞いた。

「店長！　いまオムライスの出前、いけますか？」

父はフライパンを揺する手を止めて、怒鳴り返してきた。

「どうせこの時間だから丹羽ちゃんだろう。お得意様だ。お前行ってやれ」

うちは父の気にいった常連客にだけ、出前をOKすることがあり、丹羽もそのうちの一人だった。なかなかまどの出前は、基本一見さんはお断りで、店に頻繁に通ってくれているお客さんにだけ、提供しているサービスだった。表立っては出前があることを宣伝していないので、知らないお客さんもきっと多いだろう。

「きっとまた論文が上がって、何も食べてなくて、うちに来るのも億劫なんだろうよ。餓死しないうちに、すぐ届けてやれ」

丹羽は、市内にある私のとは別の大学に通っている院生だった。人文学専攻で修士課程に所属し、美術史研究に日々いそしんでいるらしい。専攻について一度教えてもらったが、日本美術史における美人画の系譜を主に研究していると言われて、ぽかんとした覚えがある。美人画というものがどんなものかが、さっぱりわからなかったから。私にとって大事なのは、うちの洋食を贔屓にしてくれるお客さんを増やすこととか、今日いくら売り上げたとか、そういう現実的なことだからだ。

しかし、私が丹羽その人に興味をもっていないかと言えば、それはまったくの嘘だった。私は丹羽がうちの店に来たり、出前を頼んだりすると、やけにそわそわしてしまう。そして彼がろくに食事をとっていないことにいつもやきもきして、胸が痛くなるのだ。

そんな自分が腹立たしいと同時に、久しぶりに顔を見られるのが、内心嬉しくて仕方ない。ただ、そのことを表には出さないようにしているつもりなので、父はまさか私が、あのひょろひょろでふわふわした丹羽のことを好きだなんて思ってもいないだろう。

「ほい、千夏、オムライスできたぞ！」

私が丹羽のことを考えている間に、父は目にもとまらぬ早業で、オムライスをもう仕上げていた。お皿の上でほかほか湯気を立てているオムライスからは、ケチャップのいい香りがしている。

オムライスはなかまどでも一、二を争う人気メニューだ。父のつくるそれは、いま流行りの半熟卵の載ったふわふわのオムライスではなくて、薄焼き卵でチキンライスをくるんだ昔ながらのオムライスだ。真っ赤なケチャップが真ん中にかかっていて、黄色と赤、添えられた緑のパセリの三色のコントラストが、とても美しい。

「冷めないうちに、早く持ってってやれ」

父が急かすので、私はオムライスの皿にラップをかけ、ヘルメットを取って外へ出た。デリバリースクーターのボックス部分を開けて皿を入れ、鍵をかけると、座席にまたがってエンジンをふかした。丹羽の住むアパートまでは、運転して六分ほどだ。五月の夜で、春の気配は濃くて、どこかで猫が恋わずらいのように鳴いている声が聞こえた。

スクーターをアパートの自転車置き場に停めると、私は深呼吸をして胸を落ち着かせた。丹羽の電話は、いつもいきなりだからいけない。最近頼んでこないな、と思っていると不意打ちで電話してきたりするから、読めない。だいたい、レジュメ作成や論文執筆に集中すると、奴は外に食事に行くのも面倒になり、買い置きの栄養補助食品などで日々をしのいだあげく、脱稿すると動けないほどになって、うちに出前を頼んでくるのだ。まったく、本当に手がかかる。

ノックすると、しばらくして、がちゃりとドアが内から開いた。

「おー、ちなっちゃん、ありがと」

頬やあごに無精ひげがちらばっている。ふわふわした天然パーマの猫っ毛が、今日はいっそうくしゃくしゃだ。また、がりがりに痩せたようだ。それでも、好きな人の顔を見てしまうと、もう本当に「参りました」という気分になり、頬に赤味がさしていないか気になる。

私はうつむいて、オムライスの皿を彼に差し出した。

「九百八十円になります」

「あー、いま、財布持ってくる。待ってて」

丹羽はそう言って部屋の中に戻ると、ほどなくして再び現れた。千円札が一枚のほかに、何やら丸めた紙を持っている。

「じゃん！」

丹羽が私の目の前で広げた大きな紙を、まじまじと見た。赤い着物に帯を締めて後ろを振り向いている、女の人の画（え）。どこかで見たことあるような、と思いながらも突っ込んだ。

「……は？　何、これ」

「何これ、って、知らないの。菱川師宣（ひしかわもろのぶ）の『見返り美人図』のポスターさ。いままでもこのポスターは何枚か持ってたんだけど、一番大きいサイズのを手に入れたんだ。な、綺麗だろ？」

「丹羽さんは本当に変態ですね」

つい嫉妬（しっと）から憎まれ口の一つも出てしまう。話に聞くところによると、彼は浮世絵をはじめとする美人画のポスターを百枚以上も収集して持っているらしい。

「この立ち姿がたまらないんだよね」

「はあ、私にはわからないですけど。はい、お釣り」

私はそう言って、釣銭を渡す。丹羽は「ありがと」と笑うと、

「やー、今日こそ、飢え死にするかと思った。ちなっちゃんが来てくれてよかったよ」

と言った。私は「どういたしまして」と言いながら、丹羽から目をそらした。

ふわんと夜闇に溶けるような、心地のいい声を丹羽は持っていて、柔らかい雰囲気の物腰にひどく似合っている。端正な顔立ちのなかで、目元だけがたれ目で、そこに人懐こさを感じて、胸がきゅうとした。一見、飄々（ひょうひょう）として何事にもとらわれないように見えるけど、実は、丹羽が優しいのを、私は知っている。

丹羽を好きになったのには明確なきっかけがあって、それは、私が大学一年生のときになかなかまどの店内で起きた出来事だった。

その日はひどく店が混んでいて、お客さんのほとんどを、お待たせしてしまっている状態だった。慌てていたうえに風邪をひいていた私は、いまなら絶対しないミスをした。――お客さんの注文を聞き間違えて、注文していないオムライスを出し

てしまったのだった。

『俺が頼んだのはカツレツだ！　オムライスじゃないぞ！　さんざん待たせておいてこの対応、信じられないな』

五十代ほどのその男性客は『もう帰らないと』と言って、手をつけず、お代も払わずに激高しながら店を去った。追いかけてもつかまらず、私は父に叱られた。

そのとき、店に居合わせて一部始終を見ていた丹羽がこう言ってくれたのだった。

『もったいない。俺オムライス大好きだし、支払いもするから食べてもいい？』

丹羽の前には、すでに注文済のオムライスが置かれていたにもかかわらず、彼は父を説得して、自分の分と合わせて、二人分のオムライスを平らげてくれたのだった。さすがにお代はもらえなかったが、その優しさが身に沁みた。

私は、ひとさじひとさじスプーンでオムライスを口に運ぶ丹羽のことを、泣きそうになりながら見ていた。それまでは、常連の学生の一人としてしか見ていなかったけど、その日から、丹羽のことを好きだ、と意識するようになっていた。それからもう三年、私が大学四年生の春を迎えた現在までずっと、私は誰にも言えない片想いを続けている。こうして軽口を叩けるくらいに仲良くなれたのは嬉しいけど、その先の一歩がどうしても踏み出せない。

「食べ終わったら、いつもみたいに、ドア前に出しておいてください。あとで回収しに来ますから」

　そうそっけなく言うと、丹羽は、

「センキュー」と、片言みたいに変な言い回しをしながら、おもむろに、

「ちなっちゃんって猫みたいなのか犬みたいなのかわからんな」と言った。

「どういう意味ですかっ」

　そう食ってかかると、丹羽は笑う。

「ツンツンしてるところは猫みたいだけど、俺が呼べばすっ飛んで来てくれるところが犬っぽい。今日も注文から、二十分かからなかった」

――私の気持ち、見透かされてる？　と、一瞬で死んじゃいそうなくらい胸が苦しくつまった。

「なんてな、冗談」

　ふふっと笑った顔に、また落とされてしまう。いつもやきもきさせられるこの人に、私はまぎれもなく惚れているのだった。

　丹羽は修士課程を修了したら、もしかしたら実家のある東京へ帰ってしまうかもしれない。そういう苦しい予感が、頭のどこかを占めていた。私の目の前にも、まっすぐ伸びた一本道があるように、丹羽の前にも、高いところにまで上っていく階

段があって、その二つは重ならない可能性が大きいだろう。

だから、私はこの想いを丹羽に打ち明けない。甘く、甘く、同時にひどく苦いこの恋を、絶対に丹羽に打ち明けない。

2

午後四時過ぎの洋食屋なかまどの店内に、お客さんは誰もいない。ディナーの時間まで「CLOSED」の札をかけてあった。アルバイトの本多さんが、私と父に話があるというので、休憩と仕込みの時間を利用して話を聞くことになったのだった。

三人で窓際のテーブル席に座り、向かい席の本多さんが口を開くのを待つ。本多さんはさっきからうつむいていたが、顔を上げると言った。

「すみません、実は一昨日、夫に熊本支社への辞令が出まして。六月末で金沢を去ることになりました」

「ええっ」と私は思わず声を上げた。本多さんは五年もなかまどで働いてくれていた、ベテランスタッフだ。正直、彼女に抜けられるのは痛かった。父も隣で太い眉根を寄せた。

「本当に急な話で……ごめんなさい」

深々と頭を下げる本多さんに、私と父は慌てて「しょうがないしょうがない」と言った。

「九州って、食べ物が美味しいらしいじゃないですか。きっと楽しいこともいろいろありますよ」

笑顔をつくりそう言った私に、本多さんはほっとしたような表情を見せた。

「ご迷惑をおかけします。なかまどが本当に好きだったので、とても寂しいです」

「そうですね……本多さんには、母が亡くなったときからたくさん助けていただいたので、こちらもすごく寂しいです」

高校時代、母を喪った痛手で学業が手に着かず、へとへとになっていたときも、本多さんの優しい気遣いに何度となく助けられてきた。自分にとっては、第二の母みたいな存在だった。

「ならば、新しいバイトを探さねばなるまいな」

父が言った。次の人が早く来てくれたらいいけど、と思いながら、私は窓の外を眺め、梅雨の晴れ間の青空に目を細めた。

そんな経緯で、ななかまどの店のドアには「スタッフ募集」の貼り紙が貼られることになった。店に来るお客さんのなかで、目にとめてくれる人がいたらいいな、いい人が来たらいいな、と思いながら日々は過ぎていった。

貼り紙を貼って十日後のこと。チリリンとドアベルが鳴り、重たい木製のドアが開かれた。冷房を少しだけ入れた店内に、外から初夏の空気がむっと押し寄せてくる。

「いらっしゃいませー」

入って来たのは小柄な女性だった。年齢は三十歳くらいに見えて、ふわっとした茶色いボブヘアに、小花模様のワンピースを着ている。彼女は私と目が合うと、開口一番話しかけてきた。

「あのっ、表のスタッフ募集を見たんですけど、ここで働きたいんです。働かせてもらえませんか?」

「ええっと」

せっぱつまった様子に大丈夫かな、と思ったが彼女はさらに言葉を重ねた。

「私、高瀬凜(たかせりん)といいます、三十二歳です。ここのお店、以前から外観も中も素敵だなと思っていて……何より、息子を育てるために働き場所がほしいんです。お願いします!」

その切羽詰まった様子がただごとではなく、私はすぐに厨房の父に声をかけた。父はタオルで手をぬぐいながら現れた。私が「面接希望の人だ」と伝えると、父は難儀な顔つきをしたが「こっち」と裏口に女性を呼んだ。そのまま裏で話し込み、女性が帰ったあと、父は私を呼びつけると言った。

「結婚して子どもを産んだはいいが、旦那と三年前に離婚してシングルマザーなんだそうだよ。働いてた本屋が最近つぶれちまったんだと。この町に母親と五歳の子どもと三人で暮らしていて、子どもは保育園に預けているから、次の働く場所がほしいそうだ」

高瀬さんの過去が父の琴線に何か触れたのだろう。

「仕方ない、人助けと思って、雇ってみるか。ほかに応募者も来ないしな。千夏、教育係はお前だぞ。本多さんが六月末に退職するまで二週間ある。その間に、高瀬さんを店で使えるようにしろ。お前が大学に行ってる間でも、大丈夫なくらいにな。なかなかまどをこれから切り盛りしていくのはお前なんだから、しっかりやれよ」

ガシャン、と何かが割れる音がして、私ははっと振り返った。高瀬さんが慌ててテーブルの下にしゃがみこんで、割れたお冷やのグラスを触ろうとしている。

「危ないから、素手でさわらないでください！」

思ったよりずっととがった声が出てしまい、高瀬さんがびくっとなるのがわかった。そのおどおどしている様子と、十歳も年上のくせに、年下の私を「怖い人」として見ている目つきに、さらにいらいらしてしまう。私はほうきとちりとりをロッカーから持ちだすと、駆け寄った。

「大変失礼しました。お召し物は濡れてはいませんか？」

三十代くらいのスーツを着たお客さんが「大丈夫だ」と言って片手を上げた。ほっとしながら、頭を下げて割れたグラスを始末する。その間も、高瀬さんは棒立ちでいるばかりで、全然役に立たない。

料理の皿はまともに運べないし、すぐに食器を割るし、注文は間違えるし、高瀬さんの初日から一週間の働きぶりといったらひどいもので、私はずっとかりかりしっぱなしだ。

どうして、安直に情にほだされないで、別の人間を雇えなかったのか。父にまで腹立たしい気持ちになってしまう。

ほんとにこの調子で、本多さんが辞める日までに、高瀬さんが私の授業中に店で使えるようになるのかがとても不安だった。一方で店長の父はといえば、簡単なアドバイスをするだけで、叱り役も憎まれ役も私にまかせっきりだった。

そんな初夏の夜、ふらりと店に丹羽が現れた。すみっこの二人席の片側に陣取り、メニュー表すら見ずに、私を呼ぶ。尻尾を振りたいのを押し隠して、飛んでいくと、

「新しいウェイトレスさん入ったんだね？　なかなか可愛らしい人じゃん」

とにこやかに言われていらっときた。なんだ、その嬉しそうな言い方は。

「高瀬さんっていうの。言っておきますけど、お子さんいますから」

「へえ、俺、浮世絵の母子絵も好みだよ。美人画とはまた違った魅力があるんだよね」

そのふざけた口調を無視して「いつものオムライスでいいんですか？」と投げやりに聞くと、

「ううん、今日は別のものにしようかな。エビフライ定食かな」

と丹羽が答えた。エビフライ一つ、と厨房に声をかける。また丹羽の元に戻って話すのは不自然かなと思ったため、レジ台横の定位置である高瀬さんの隣に並んだ。丹羽がじっとこちらを見ている。私を見ているのか、実は高瀬さんを見ているのかわからず、不安になって仕方ない。

そうしているうちに時計が六時半を差し、次々とお客さんが入って来た。私たちは、応対に追われる。

「千夏さん、お子様用の椅子ってどこですか？」

「こないだ教えた階段下の物置の中！」

「レジ、変なところを押しちゃったみたいで、すみません、助けてください」

「いま行きますっ」

忙しいさなか、私一人ならばじゅうぶんに回せるところを、いちいち高瀬さんに頼られてしまうので、私の調子も狂ってしまう。バタバタした慌ただしい時間が過ぎて客足が退けてくるころ、私は思わず高瀬さんをトイレ横の物陰に引っぱり込むと「いいかげんにしてください！」と声を低くして叱責した。

「いま忙しい時間だってことは、わかってるでしょう！　まかせるところはちゃんと私に振って、一人であれこれ手を出さないでくださいっ！　失敗の後始末は全部私がするんですから！」

高瀬さんの目に、じわっと涙が浮き上がった。ああ、最低。そう思っていると、ふっと目の前が陰った。丹羽だった。トイレに人がやってきたのだ。しまった、と思ったときにはもう遅かった。聞かれていたのだ。

「ちなっちゃん、言い過ぎ。まだ新しいバイトさんは、働きはじめたばかりなんだろう？　ちなっちゃんは何でもできちゃうから、できない人に思いやりがない」

トーンを抑えた丹羽の声を、最後まで聞いていられなくて、私はその場から飛び出した。背後で丹羽が高瀬さんに、何事か言っていた。ずるい。できないからって、優しくされてて。丹羽も丹羽だ。私が丹羽を好きな気持ちも、教育係を必死にやっている気持ちも、全然知ろうともしない。

丹羽をはじめとする客が全員帰り、閉店してから、私が黙って店の床をモップで掃除していると、高瀬さんが私の背中にそっと声をかけてきた。

「――千夏さん、泣いてるんですか？」

「泣いてないですっ」

声に涙がにじみ、私は慌てて目頭をぬぐう。

「さっきはすみませんでした。店長が、余ったエビフライ定食、用意してくれてます。一緒に食べませんか」

高瀬さんの落ち着いた声に、私はしぶしぶモップをロッカーへとしまうと、テーブル席の一つに腰掛けた。高瀬さんが、照明を一つだけつけた暗い店内に、エビフライ定食を二つ運んでくる。

白い丸皿には、きつね色に揚がった大きなエビフライが二つ並べられていて、たっぷりの千切りキャベツと付け合わせのポテトサラダ、くし切りのレモンが添えられている。これにごはんと味噌汁と漬け物がついている。

二人で向かいあって、エビフライを口に運んだ。今日、丹羽も食べていた、と思うと、さらに胸が苦しくなった。エビフライは冷めていたけど、衣がさくさくしていて、いつもの父の味だった。ふいに、高瀬さんが静寂を破る。

「千夏さん、あのお客さんが好きなんですね」

「……はい」

もう、否定する元気もなかった。見透かされていたことは、不思議と嫌ではなかった。

「千夏さんの恋、応援します」

「なんでですか」

ぶっきらぼうにそう言うと、高瀬さんは目を伏せた。

「なんとなく。私も、夫と離婚するまで、夫が本当に好きだったから。結ばれたのが夢みたいで、そう思ってるうちに、夫の浮気が発覚して——あっという間に捨てられちゃった。自分が本気で恋をしてたから、本気で恋してる人がすぐわかるの」

私は思わず無言になった。

本気の恋。——誰にも言わず、心のうちに忍ばせているだけのつもりのこの恋が、はたから見たらバレバレなのか。そう思うと、いたたまれなかった。味噌汁をすすりながら、いっそう胸がぎゅっとした。

カレンダーは六月下旬になった。「本多さんのお別れ会をやりましょう。私も短い間だったけどお世話になったから」と提案したのは高瀬さんだった。

私も父も、日々のバタバタに追われて、お別れ会なんてものは頭になかったから、そんな企画を持ちだした高瀬さんに感心した。正直、見直したといってもいい。

そこからの高瀬さんの行動力はすごくて、色紙を用意してお店の常連のお客さんに、本多さんへのメッセージを書いてもらったり、会場となる居酒屋ダイニングの予約をしてくれたり、私と父に本多さんへの手紙を書かせたりと、私一人じゃ到底準備できなかったいろいろを、当日までにやりとげた。

本多さんの勤務の最終日、早めに店を閉めて、四人で居酒屋ダイニングののれんをくぐった。ほりごたつ式の個室席で、私と父が並んで座り、向かいの席に本多さんと高瀬さんが座った。

厚焼き卵、なすの一本漬け、いか焼き、塩焼きそば、シーザーサラダ、焼き鳥といろいろ頼んだ。父と高瀬さんはビール、飲めない本多さんはウーロン茶、私は梅サワーを注文した。

「本多さんの熊本での前途を祝して、かんぱーい」

四人でそれぞれのグラスを打ちつけ、おおいに食べて飲んだ。

途中、お客さんからの色紙と、私と父からの手紙を渡された本多さんは涙ぐんでいた。

「私、なかなかまどで働けて本当によかったです。店長にもたくさん助けられたし、千夏さんは本当の娘みたいでした。私は子どもができなかったから、なおさら実の娘みたいで……特に、陽子さんが亡くなってから、千夏さんがめちゃくちゃがんばっているのが、本当にいじらしくて」

「店長の奥様――千夏さんのお母様は、亡くなられていたんですね」と高瀬さんがつぶやいた。いま知ったような言いぶりだったので、おそらく父は話してなかったのだろう。

「ああ、千夏が高校二年生の冬にな。風邪から肺炎をこじらせて、あっという間に亡くなっちまった」

と父が、ビールをちびちび飲みながら感傷をにじませた。

「誰かの気持ちがわかる、っていうのは、基本的に思いあがりだと思います」

と少し赤い顔をした高瀬さんがいきなり言った。

「私も三年前に夫と離婚してから、いろんな人が同情してくれてたくさん優しくしてもらいました。だけど私の痛みは、私にしかわからないなと当時思いましたし、いまでもそう思います。だから、私も安易に千夏さんや店長の気持ちが『わかる』

とは言わないです。わからないことは『わからない』と正直に伝えていきたい。そうすることでその人と一歩理解し合える気がするんです」

　そんなことが言える高瀬さんを、私は「大人だな」と思った。高瀬さんの人生にも私の人生と同じようにいろいろなことがあったのだと、はっきり気づかされた。

「高瀬さんも、お一人でがんばってきたんですね」

　私が母を亡くして、その痛みを誰にも言えずこらえていたように、高瀬さんにもそういう時期がきっとあったのだろう。

「人って、誰とだっていつか会えなくなるじゃないですか。だから私は、言いたいんです。会えるうちに、楽しい時間を一緒に過ごして、ありがとうって伝えようって」

　高瀬さんが本多さんのお別れ会を企画した裏には、そんな心情があったのか。そう思って、私は梅サワーをくっと飲んだ。

　アルコールの回った頭に、ほんのり丹羽の面影が浮かんだ。

(会えるうちに、楽しい時間を、か――)

　丹羽の進路のことはぜんぜん知らないのだけど、ふいに彼がなかなかどに来なくなる日を想像した。丹羽は、来年の春、早ければ修士課程を修了する。その先、丹羽はどうするのだろう――。そんなことを思い巡らしながら、私は言った。

「本多さん、熊本へ行っても元気でいてくださいね。本当にお世話になりました」

本多さんは私たちが用意した花束を胸の前で揺らすと「また金沢に遊びにきますね」と微笑んだ。

3

店頭に置いてあるブラックボードに、今日のディナーセットをチョークで書き込むのは私の仕事だ。「今夜のセットメニュー　カキフライ　サラダ　コーンスープ」と白いチョークで書き、その周りに赤いチョークと緑のチョークを使い花柄とつるを書き込んだ。

後ろから見ていた高瀬さんが「千夏さん、いつもながら上手ですね」と声をかけてくる。

「ふふっ、そうですか？　もう七月入っちゃいましたね」

「はい、熊本なんか、こっちよりもずっと暑そうですよね」

本多さんが退職してから、もう七日が経った。

「それにしても、高瀬さん、だいぶ接客慣れましたね。ほっとしてます」

たしかに高瀬さんは最近緊張がとけたのか、接客にもかなり慣れてミスも大幅に減った。この調子では、あと一ヵ月後にはさらに安心して任せられるようになるだろう。そう思うと、胸をなでおろす私だった。

チリリン、とドアベルが鳴って店に客が入って来た、と思ったら丹羽で、私は全身がつい固まる。嬉しいのに、どんな顔をすればいいのかわからない。隣の高瀬さんを見ると普段よりもにまにましていて、私の丹羽への恋心を知っているせいだろうと思うと、妙に居所がない気分にさせられる。

丹羽が、私と高瀬さんのほうへとやって来て、

「今日のディナー、カキフライなんだ。それ一つね」

と言う。さらに続けて、

「タイプの違う女の子二人が、こうして並んでいるのは眼福だよね〜。喜多川歌麿が描いた難波屋おきたと高島おひさみたいだねえ。おきたもおひさも水茶屋で働いてたから、現代にあてはめればウェイトレスそのものだよね」

などと浮世絵オタクっぷりをいかんなく発揮した。私はちょっと引きつつも、

「やっぱり丹羽さんの言ってること全然わかんないんですけど」

と突っ込む。すると高瀬さんが突然口を挟んできた。

「丹羽さん、千夏さんは、こんなこと言いつつも丹羽さんがお店に来るのが楽しみらしいですよ。これから大学も夏休みだし、その間いっぱい千夏さんの顔を見に来

てあげてくださいね！」

「ちょっ、ちょっと！」

あまりにもわざとらしい高瀬さんのアシストに私は焦ったが、丹羽はにやにやしながら言う。

「夏休みも働き詰めか。勤労女子、えらいえらい。でもちなっちゃんも今年卒業だから卒論あるだろ？　少しは準備もしとかないとやばいぞ」

「わかってますってば！　言われなくてもっ」

食ってかかる私を「まあまあ」とたしなめつつ、高瀬さんは「そうだ」とつぶやいてロッカールームに入っていった。ほどなくして戻ってくると、私と丹羽に一枚ずつフライヤーを渡す。

「これ、広坂（ひろさか）の金沢21世紀美術館で、私の友人の声楽家さんがコンサートをやるんです。私も行きたかったんですけど、息子の園の行事と重なって行けなくて。丹羽さん、千夏さんから大学院で美術史を研究されてると聞いてますけど、美術館好きじゃないですか？　千夏さんと一緒に美術館を回ったあと、歌を聞くなんてどうですか？」

こんなんじゃバレバレだ、と泣きたくなりつつも、私は丹羽の反応を待つ。

丹羽はしばらくフライヤーを見つめていたが、くすっと笑うと言った。

「いいよ、ちなっちゃんと出かける、ってのも悪かないな」

「……いっ、いいの？」

丹羽の思ったよりも好感触な反応に、私の声が裏返る。

「お二人で、ぜひ行ってらっしゃーい」

高瀬さんがそう言うと、丹羽は「大丈夫とは思うけど、スケジュール確認してみる」と言って、窓際の席に着いた。

私は真っ赤になりながら注文を父に届け、丹羽には見えない厨房の中に入ると、思わずうずくまった。

あのあと、当日のためにと丹羽とＬＩＮＥ（ライン）の交換をした。丹羽の連絡先が自分のスマホの中に入っている、という事実は、私を落ち着かなくさせるのにじゅうぶんだった。丹羽が帰ったあと、高瀬さんの前で私は慌てた。

「どうしよう、何着ていったらいいんだろう」

「千夏さん、やっぱりここは絶対にスカートかワンピースで行くべきです！　千夏さん、普段は地味な恰好ばかりしてるのもったいなさすぎます。スタイルだっていいんだし、いつもと違うところを見せて、ドキッとさせないと」

「そんな服、持ってない、かも」

「じゃあフォーラスに買いにいきましょう。次の定休日、私も付き合います！」

高瀬さんのいうフォーラスとは、金沢駅兼六園口（東口）を出てすぐ左手にある、大きなファッションビルだ。高校生だった時から友達とたまに遊びに行くけど、本気でひと揃えの洋服を買ったことはなかった。

「似合う服、見つかるといいですけど……」

「大丈夫です！　私、実はアパレルで若いころバイトしていたので。アドバイスしますよ！」

今日ほど高瀬さんを頼もしく思ったことはない、と私は思いながら胸のドキドキを必死で抑えていた。

コンサートの当日は、あっという間にやって来た。丹羽とは広坂の金沢21世紀美術館の本多通り口エントランスで待ち合わせすることになっていた。

金沢の繁華街である片町や香林坊とすごく近いのに、一歩21世紀美術館の敷地内に足を踏み入れると、急に街の喧騒が遠くなった気がした。総ガラス張りの壁面が、太陽光を反射して輝いている。上空から見ると、円形の建物らしい。建物のまわりの緑の芝生には、親子連れが何組もいて、駆けまわる子どもたちを遊ばせている。その光景を見て私は思わず微笑んだ。

入口からすぐの総合案内には、人が列をなしている。日本語だけではなく外国語があちこちで飛び交っていた。金沢はここ近年外国からの観光客がとても多く、街を歩くだけで外国語の会話を耳にしない日はないほどだ。

私は何度も手鏡を見て、全身のコーディネートがおかしくないか確かめる。高瀬さんにデート服の相談に乗ってもらい、一通りをフォーラスで買い揃えた。高瀬さんが勧める服が、自分には到底似合わなそうなラブリーなものばかりで、私は全力で首を横に振りまくったが、最後には少し大人っぽい無地のベージュのワンピースで折り合いをつけた。一緒に買ったピンクゴールドのネックレスが、手鏡の中首元で揺れている。

待ち合わせ場所に、丹羽は約束の時間を三分ほど過ぎて現れた。

「おー、おはよ」

「おは、よう」

いつも通りの丹羽の笑顔に、ちょっとほっとする。私と二人で出かけるの、嫌じゃなかったんだ。高瀬さんが無理やり取り付けた約束だから、もっとめんどくさそうに現れるかと思って、かなり緊張していた。

「コンサート始まるまでに時間があるから、せっかくだから美術館もぐるっと見ようか？　俺は何回か来たことあるけど、ちなっちゃんは？」

「21世紀美術館はたしか私が小学校に上がる前くらいにオープンしたんだよね。小学生のころに一回、学校の授業の一環で来たことがあったように思うけど、それ以来だな。だから展示もあまりよく覚えていなくて」

「久しぶりなら、かなり楽しめると思うよ。ここは現代アートが多い美術館だから、いろいろ面白いものが見られるはず」

総合案内でチケットを買うと、丹羽は「まずこっち！」と私の先に立って案内してくれた。美術館にいる丹羽は、水を得た魚みたいだ、と思い、私はあらためてデート先に美術館を選んでくれた高瀬さんの慧眼に感謝した。

「いちばんの目玉は、スイミング・プールだよ。レアンドロ・エルリッヒが作者だったかな。まずは上から見てみよう」

光庭と名付けられた敷地には、たくさんの人が集まって、設置されたプールを覗き込んでいる。人波をかきわけて、私も首を伸ばして、プールを覗いてみる。すると波打つ青いプールの中に人影が見えた。訪れた観光客が、プールの水面の下にいて、普通に歩いたりスマホを構えて写真を撮ったりしている。

「このプールを小学生のときにクラスメイトと見たこと、思い出してきた。でもやっぱりすごいアイディアだよね」

私の反応に、丹羽は「してやったり」とでもいうようににやりと笑った。

「次はプールの中に入ってみようよ」

丹羽に先導されて、入口からプールの内部へと入ってみる。プールの壁は一面青色に塗られているが、中にはもちろん水など入っておらず、空洞だ。天井にはガラスが貼られその上は揺らめく水面となっていた。太陽の光がきらきらと、水面を通して入ってくる。上からプールを覗き込む人たちの顔も、揺らめきながら見えた。

楽しいねと喜びながら、プールを出ると、丹羽に案内されるがままに、ほかの展示室も順番に見た。

さすが美術史に興味があるだけあって、丹羽はいきいきと楽しそうにしながら「これって、現代作家で有名な人の作品なんだよ」とか「この作品にはこういう意図があって、だからこう見せてるんだな」とか解説してくれた。丹羽は研究分野に関することになるとこんなにも饒舌に語るんだ、と感慨深く思いながら、いつもと違う丹羽の顔が見られることに嬉しさを覚えた。

そのあとは、コンサートの時間になったので、美術館内のシアター21という会場に移動して、声楽を楽しんだ。イタリア歌曲やオペラ曲、日本の童謡などを、金沢出身のソプラノ歌手の女性がのびやかな声で歌うのを、丹羽の隣で聞いていた。豪奢な薔薇色のドレスが、女性によく映えていた。知らない曲が多かったけど、ほかの聴衆に混じって何度も惜しみない拍手を送る。

だけど拍手を送りながらも、私はこういうアートも音楽も、普段自分が触れないものなので、よくわからないところも多くて、少しだけコンプレックスを感じた。たとえば丹羽と同じ大学で似たような分野の勉強をしている女の子のほうが、丹羽とは似合いじゃないのかだなんて、そんなことを考えてだんだん自己嫌悪が押し寄せてきた。

コンサートが終わって、席に座ったままの私の顔を丹羽がのぞきこんできた。

「ちなっちゃん、大丈夫？　疲れた？」

「う、ううん大丈夫。そろそろ、出よっか！」

私は無理にはしゃいだ声を出し、その場をとりつくろった。

そのあと館内のミュージアムショップで、いろいろグッズを真剣に見ていると、丹羽がふいに言った。

「せっかくだから、何か買ってあげるよ。記念に」

私はドキドキしながら、ミュージアムショップを一周したあとに、一枚のポストカードを選んだ。現代アートの作品で、丹羽がさっき楽しそうに「この作品好きだなぁ」と解説していたものがモチーフとなっている。丹羽は「すっごく安いけど、いいの？」と笑った。私はこくこくと頷き「それでいい」と言った。

「喉渇いたな。たしか美術館内にカフェがあったから、入ろうか」

丹羽がそう言って、私たちは館内の「カフェレストラン Ｆｕｓｉｏｎ21」に入った。テーブルも白いし、椅子も白い。シンプルにカフェ内のトーンが統一されていて、モダンな印象を受ける。

丹羽はエスプレッソ、私はカプチーノと、丹羽に勧められるがまま「金沢ぱふぇ」というスイーツを頼んでみた。ほどなくして運ばれてきたパフェに思わず目を見はる。九谷焼の美しい器に、サツマイモや小豆の餡、リンゴのコンポートなどが、金箔を散らしたソフトクリームと一緒にたっぷりと盛り付けられていた。サツマイモも小豆餡も、県内産のものを使っているらしいよ、と丹羽が言った。

「こうして、地元のお野菜を採り入れるのは素敵かもね」

顔をほころばせた私に、丹羽も頷く。

「なかなかまどでも応用できそう？」と訊かれたので、

「一応、出してるお野菜は地元の農家さんから仕入れてるものがほとんどなの。でもそれをことさらアピールはしていないから、そういうのをもっとやってもいいのかも」

と答えた。

カフェを出たところで、ふいに正面から小さな女の子が駆けてきて、私と丹羽の目の前で転んで泣きだした。肌の色が浅黒く、顔の両サイドで結わえられた黒髪はくるくると巻き毛だ。

丹羽はさっとしゃがんで、その子を助け起こすと「大丈夫？」と訊いた。彼女が涙をひっこめて、きょとんとしているのを見ると、さらに英語で何事か話しかける。彼女の返答を聞き終えると、丹羽は私に向かって言う。

「どうも、ママとパパとはぐれちゃったみたいだよ。このあたりをずっと探してるけど、いないんだって」

「総合案内に連れていったらどうかな？　アナウンスとかしてくれるかも」

私がそう提案すると、丹羽は「そうだね、それがいい」と言った。その女の子にまた話しかけて手をひくと、三人で総合案内に向かった。

受付のお姉さんに事情を話しているときに、きょろきょろしていたその子が「ダッド、マム」と、顔を輝かせた。その子を探して、黒人のお父さんと、アジア系のお母さんが、総合案内にちょうど辿り着いたところだった。

「良かったね、ご両親が来てくれて」

お父さんとお母さんは、私たちに口々にお礼を言ってくれた。お父さんが丹羽に英語で何事か話しかけ、丹羽も英語で返した。

家族三人連れが帰っていくのを見届けたあと、私は丹羽に聞いてみた。

「さっき、なんて英語で言ってたの？」

「ああ」と丹羽は笑うと、涼しい顔で言った。

「『可愛いガールフレンドだね』って言われたから『大事なツレです』って答えたよ」

大事なツレ。その言葉が嬉しすぎて、一ミリも動けなくなってしまう。私が立ちつくしていると、丹羽がさりげなく言った。

「今日の服、似合ってる。いつもより、大人っぽいよね」

「えっ」

私たちの夏が、ようやく始まったような気がして、私は思わずそのまぶしさに目をしばたたかせた。

二皿目　噂の彼のビーフカレー

1

九月中旬、洋食屋なかまどには、母が遺した特製レシピであるモンブランが並び始めた。栗のモンブランと、かぼちゃのモンブランが、週替わりで楽しめる。接客をしながらも、ちらちらショーウインドウを見つめる高瀬さんが可笑しくて、私はつい口を出してしまった。

「高瀬さん、栗とかかぼちゃとか、好きなんでしょう」

「はい、大好きです！」

私に図星を指された高瀬さんは、顔を赤らめて続けた。

「でも、男の人って、あまりモンブラン好きじゃない方が多いかな、って。かぼちゃとか栗とか、うちの離婚した夫は好きじゃなかったです」

「そうですか？　うちにほら、よく来る林田のおじいちゃんとか、この季節になると、よく注文しますよ。林田さんて、夏でもツイードのジャケットをぴしっと着てる、品のいいあごひげの……」

「ああ、あの方。――でも、最近いらっしゃってないですね。最後に見たのが八月の中ごろだったように思います。二、三日に一回は、それまでいらしていたのに」

「そういえば、そうですね。このところ、見ていないですよね」

私と高瀬さんは、うーんと二人で腕組みをして考えた。

「そういえば、丹羽さんも夏休みのうちはときどき来てくださってたのに、ここのところいらっしゃらないですね」

高瀬さんの声に、私は寂しい本心を隠してそっけなく言った。

「丹羽さんは、きっとまた論文とか発表とかで忙しいんですよ。そういう時期になると、ぱったり来なくなるのはいつものことですから。それより、林田のおじいちゃんが心配」

林田さんは、たぶん七十代後半だ。五年ほど前に奥様を亡くし、それからは息子さん夫婦と一緒に暮らしていると聞いている。

すると、レジ横の電話がリリリンと鳴った。今日は日曜日で、時刻は三時半。なかなまどは、平日はランチとディナーの間に中休みを取るが、土日祝は昼から夜まで休みを取らずに開けている。ちなみに定休日は木曜だ。

すわ、丹羽か、と身構えたが、丹羽がこんな夕食前の時間に電話してくることはない。丹羽なら、だいたい店のラストオーダーの時間、八時半ごろを見計らって出前の電話をよこすはずだ。

高瀬さんが電話口に出て、応対をし始める。

「はい、洋食屋なかまどです。はい、あ、はい、……そうだったんですか。いらっしゃらないので私共も心配しておりました。はい、了解しました。出前のご注文ですね」

受話器を置いた高瀬さんが、口を開く。

「林田さんの息子さんからでした。林田のおじいちゃん、先月ご自宅の階段から落ちて骨折して、しばらく入院されてたんですって。やっとこのごろ、杖をついて歩けるようになったんだけど、なかまどにはまだ来られないから、出前を頼みたいんですって」

「そうだったんですね、じゃあ、高瀬さん、店をお願いします。私、出前に行ってきます。林田さん家はわかってますから、お店が忙しくなる時間までに帰ってくるつもり」

「了解です」

林田さんの事情を父に伝えると、父は「そうか、そりゃあ大変だ」と言いながら、ハンバーグのタネを冷蔵庫から取り出して焼き始めた。二十分くらいで、私の目の前には、デミグラスソースがたっぷりかかった大きなハンバーグが、皿に盛り付けられて出てきた。ハンバーグの隣にはフライドポテトと、彩り(いろど)もあざやかな蒸し野菜が添えられている。ご飯と、こぼれないようにフタのついた器に入れたお味噌汁も運ぶ準備をする。

さらに栗のモンブランをスクーターのボックスに詰め込むと、私は林田さんの家に向かった。

古びた一軒家の玄関の前でドアチャイムを押すと、林田さんに目元がよく似ている息子さんが、玄関のドアを開けてくれた。

「お待ちしておりました。わざわざ、ありがとうございます」

お代をいただいてすぐに帰ろうとした私を、息子さんは引きとめた。

「父が、久しぶりに千夏さんとお話ししたいそうで。お茶をお出ししますので、ちょっとの間だけでも、お付き合い願えますか」

私は時計を見た。時刻は四時十五分。ちょっとだけなら、と答え、靴をそろえて「お邪魔します」と上がり込んだ。

息子さんは「じゃあ、僕はここで失礼します。二階にいますから、何かあれば呼んでください」と言い残して階段を上って行った。

私が料理とモンブランを持って居間へ入っていくと、林田さんは相好を崩して迎えてくれた。

「――悪かったね、千夏ちゃん。普段なら出向くところなんだが、どうにも、足がきかなくってね」

「お見舞い申し上げます。ご注文のハンバーグ定食と、あと喜ばれるかと思って、この季節のケーキ、栗のモンブランをお持ちしました」

「おお、わしの大好きなモンブランまで、ありがとう。夕食にはちと早いが、お店が混む前に頼んどこうと思ってね。千夏ちゃん、ちょっと使って悪いが、ハンバーグ定食はテーブルの上に、モンブランはまず仏壇に供えてくれるかね」

「はい」

居間の隅にある大きな仏壇には、奥様の写真が立てかけられていた。簡単におまいりをして、モンブランを皿に載せたまま供えた。

「――家内が死んで、もう五年も経ってしまったよ。ちょうど、千夏ちゃんのお母さんが亡くなられたころと同じくらいだったね。あいつ――家内も栗が好きでね、きっとこのモンブランも美味しくいただいているだろうよ。それはそうと千夏ちゃん、わしと家内が結婚した縁が、ある洋食屋だった、っていう話はしたっけね？」

「いいえ、お聞きしてないです」

林田さんはにっこりすると、話しはじめた。

「わしがまだ若いころ、金沢に来る前は東京に住んでいて、家内を見そめてはじめて食事に誘ったのが洋食屋だったんだよ。そんなハイカラなものを普段はよう食べんのだけど、家内はとても喜んでくれて、それからとんとん拍子に結婚の話も決まったんだ」

「そうでしたか。奥様が亡くなられる前、なかなかまどにお二人でよくいらしてくださっていて、本当におしどり夫婦という感じでしたものね」

「晩年この町で暮らすようになって、よくあんたの店には家内と行ったものだった。家内とわしは、あんたのとこのハンバーグが、はじめて食事した店のハンバーグの味と似てると言って、喜んだものだった。昔懐かしい味を家内が亡くなる前に、あんたの店でたくさん食わせてやれて本当に良かったと思ってるよ。――千夏ちゃん、あんたのお父さんから、あんたが店を継ぎたいと言っていると聞いたけど、そうなのかね？」

林田さんの優しい目に、私は答えた。

「はい、そう思っています。父は、いずれ婿としてコックを迎えて、私が店の経営をやったらどうかって」

「そうかい、そうかい」

林田さんは、目元をなごませ、孫の顔でも見るように私を見つめると、言った。

「夫婦っていいものさ。積み重ねていく年月が、そう、あんたのお父さん特製のこのデミグラスソースのように、深い味になっていくのさ。その素晴らしさが、千夏ちゃんにもいつかきっとわかる」

林田さんの話を聞くうちに、私は胸がしめつけられるのを感じていた。大好きな丹羽——でも、きっと彼は洋食屋を一緒に継いでくれたりはしないだろう。彼には彼の道があり、私には邪魔することはできない。丹羽と、結婚できたら。夫婦として、長い道のりをずっと歩んでいけたら。そう思うのは真実なのに、店を継ぎたいという思いも、また別のたしかな真実で。

洋食屋をとれば、自然と丹羽のことをあきらめなくてはならなくなるのか。その事実はひどく重かった。

（『大事なツレです』って答えたよ）

夏に21世紀美術館に一緒に出掛けたときの、丹羽の言葉がよみがえって、私はぎゅうと目をつむった。洋食屋か、丹羽か。——本当に、丹羽の手をとれることなんて、私の人生であるのだろうか。

「おお、お引き止めしてしまったな。千夏ちゃん、ありがとう。よかったらときどき出前に来てくれるかね？　足が治ったら、また通わせてもらうから」

「もちろんです」

そう言いつつ、私は柱にかかっている古時計を確認した。四時四十分。ふと、丹羽の顔が見たいな、と思ったのだ。林田さんの家から丹羽のアパートまではわりと近い。いま、丹羽がいったいどうしているのか、少しでも知りたくなった。顔を見れば、自分の一番大切なものがわかるんじゃないかって――。

そう思って、私は林田さんの家を出ると、そのまま丹羽のアパートへ向かった。事前にLINEをしようかと思ったが、あいにくスマホを店に忘れてきたため叶わなかった。

スクーターを走らせると、街全体に、ゆっくりと秋の夕暮れの気配が広がってきているのを感じる。七分ほど走って丹羽のアパートに着くと、イワシ雲の並ぶ夕空の下、駐輪場にスクーターを停めて私は外階段を上がっていった。

留守ならそのまま帰ってしまおう、そう思いながら、ひどく緊張しつつ丹羽の部屋のドアをノックした。急にたずねていって、なんと思われるだろうか？

そのときは「栗とかぼちゃのモンブランが並んだから、食べにきてよ」とでも言ってみようか。何しろ、一度二人で出かけた仲なのだから、そう邪険にされることはないはず――。

ノックに返事は返ってこないが、中から人の歩く音がして、私は耳をすませた。しばらくして、ドアが開き——私は息を呑んだ。

「はぁい、ただいま」

その言葉と同時に、花のような香りがした。ドアを開けて出てきたのは、丹羽ではなかった。焦げ茶色のふわふわした髪をした、私と同年代の女の子だった。

喉があっという間にからからになっていくのがわかって、私は立ちつくしながらも、彼女を見つめた。薄ピンクのカーディガンに、ふわっと裾が広がった白いレースのスカート。ゆるやかにウエーブがかかった髪は、肩よりも長い。まつげでふちどられた瞳は大きく、くちびるには綺麗に桃色のリップが塗られている。——とても可憐な女の子の登場に、私はひどく動揺した。

「こんにちは、丹羽さんに、何か御用ですか」

女の子の声は柔らかいアルトだった。丹羽の家に、女の子がいる。その事実に私は打ちのめされる。

(丹羽さんの彼女さんですか?)

そう聞こうか迷ったが、聞くまでもないと思った。家にまで上がりこむだなんて、彼女じゃなかったら誰がするだろうか。

私はからからになった喉をふりしぼって、訊いた。

「――丹羽さんは、いま……」

女の子は「ああ」というと「風邪で寝てるんです」と言った。

「ところであなたは、どなたなの？」

そう訊かれたので、

「私は丹羽さん行きつけの洋食屋の店員です。ちょっと用事があったのだけど、風邪ならかまいません、帰ります」

と言った。語尾は震え声になってしまったが、彼女はとくに気にした様子はなかった。

「丹羽さんが目を覚ましたら、来てたって伝えましょうか」

「いえ、結構です」

私は急いでそう言うと、くるりときびすを返して、外階段を駆け下りた。そのままスクーターに飛び乗ったが、動揺のあまり事故を起こさないようにするだけで精いっぱいだった。

ななかまどに帰って来た私の真っ青な顔を見て、高瀬さんはおろおろした。

「どうしたんですか、林田さん、そんなに悪かったんですか？」

「……違います、そうじゃなくて」

私はそのままロッカールームで上着を脱いで、店に戻ろうとしたが、高瀬さんがしつこく何があったかを聞いてきたので、さっきの顚末を話してしまった。

「その方本当に彼女なんでしょうか」

高瀬さんはそう言った。

「彼女でもないのに、家にいないと思いますよ。とにかく丹羽さんとは親しそうだったし」

「ライバル登場ですかね？　でも、あの変わり者の丹羽さんに限って、そんなことないと思ってましたが」

「もうなんか女の子としての自信がないです。すごく可愛かった、あの子」

そう言うと、高瀬さんは強いまなざしをして言った。

「いっそのこと、思い切って千夏さんから好きって言っちゃえばどうですか？　その子がたとえ彼女だったとしても、千夏さんに全くチャンスがないと思えません」

「――無理無理無理無理。第一私、店を継ぐつもりですし、丹羽さんはいつかきっと金沢を出ていくし、私が丹羽さんについていくことはできないですから」

「でも、このままみすみすその子に譲ってしまって、千夏さんは本当にいいんですか？　それで本当に、人生後悔しないって言えるんですか？」

「ううう……」

ロッカールームで話し込んでいた私たちに、厨房から父の声が飛んだ。

「お客さん、来てるぞ！　応対してくれ！」

恋バナはそこまでになり、私と高瀬さんは慌てて持ち場に戻った。

どんなに心の内が嵐でも、慣れ親しんだ仕事を回しているうちに、私は少しずつ落ち着いてきた。お客さんが一人、また一人と退けていった午後八時。レジ台の横の電話がリリリンと鳴った。受話器を取ると、よく知った声が聞こえた。

「丹羽、ですけど」

その言葉に、息が止まる。丹羽は、電話口で咳込んでいる。

「あの、何か軽い食べるもの、つくって出前してくれないかな。風邪こじらせて、寝込んでて、全然食えてなくて」

「――ミックスサンドでも持っていきますか？」

「うん、頼む、ちなっちゃん」

その言葉を最後に、切れた電話の受話器を私はじっと見てから、ふうっと大きく息をついた。昼間家に行ったことを、丹羽は気づいているのだろうか。

「店長、丹羽さんから、ミックスサンドの出前！」

「はいよ。久しぶりだな。論文上がったってか」

「いや、風邪ひいてて、食べてないって」

「そりゃいかんな」

ミックスサンドの用意を始めた父を横目で見ながら、温かいチキンスープも用意した。少し風が冷たくなってきたこのごろだから、体をぬくめるスープはちょうどいいように思えた。

出来立てのミックスサンドをデリバリースクーターのボックスに入れて、丹羽のアパートへと急ぐ。大きな丸い月が出ていたけれど、(綺麗だな)と思う心の余裕はなかった。

「こんばんはー、ななかまどです」

ドアの外から声を張り上げると、中から丹羽の声がした。

「上がってくれるー？」

丹羽の部屋に足を踏み入れるのははじめてだ。緊張しつつ、靴をぬぎ、廊下から丹羽の部屋へと入った。狭いワンルームの壁には、びっしりと浮世絵や美人画のポスターが隙間なく貼られていて、そのシュールな光景にくらくらした。本棚には分厚い専門書ばかりがはみださんばかりに詰め込まれている。丹羽はベッドの中にいて、いつもに増してぼさぼさの髪で、まだ熱のありそうな顔をしていた。

「おー、本当にありがとう。動けなかったから助かったよ。代金いくら？」

「八百八十円。あと、ミックスサンドのほかに、スープもあるから」

私はミックスサンドの皿を、丹羽のベッド横のサイドテーブルの上に置いた。チキンスープも、一緒に添える。父のミックスサンドは、ハムとチーズ、卵ときゅうり、ツナマヨの三種類ある。少しだけマスタードが入っていて、軽食の中でも人気メニューだ。

丹羽は財布を出して支払いを済ませると「ありがと」と言ったあとに、ミックスサンドをつまみながらいきなり聞いてきた。

「ちなっちゃん、もしかして、昼間来てた？」

「――なっ、寝たふりしてたの？」

「いや、具合悪くて寝てたんだけど、ちなっちゃんの声がしたような気がして」

私は肚をくくった。こうなったら、本当のことを聞くしかない。

「丹羽さんの家に、昼間来た。そしたら、綺麗な女の子が出てきて、私彼女さんなのかと思っちゃったよ」

「ああ、違うよ。あの子は水橋なつめさんといって、日本史ゼミの後輩だから。ちなっちゃんと同じ四年生なんだ。見た感じはお嬢様なのに、実はかなり戦国武将に詳しくて。面白い子だよ。俺が学会近いのに熱出しちゃったから、心配してポカリとか差し入れにきてくれたんだ。それだけ」

丹羽は即答した。嘘をついているようには見えなかったが、それでも疑わしい。

「そうなの？」

「そう」

「本当に？」

「本当だけど」

何度も繰り返し聞いていると、丹羽がけげんな顔をした。

「──ちなっちゃん、今日なんか、変だよ？」

私は頬がカーッと熱くなるのを感じた。こんなはずじゃなかった、こんなこと聞くつもりじゃなかった、丹羽に私の想いを見透かされたようで、身の置き所がない。

「もう帰る！　店を閉めないといけないから」

私はそう叫ぶと、くるりと丹羽に背を向けた。

「……ちなっちゃん？」

ドアから出て行く前に、一瞬だけ丹羽のほうを振り返ると、彼が食べ残したミックスサンドのかけらが目に入った。パンから大きくはみだしたハムとチーズが、ついにあふれだしてしまった自分の恋心のようだと思った。

2

九月の下旬。残暑が終わり、ゆっくりと季節は秋に移り変わろうとしていた。丹羽に気持ちを見透かされたかと思って、彼のアパートから飛び出した日からは一週間以上が過ぎている。丹羽の風邪が治ったかどうかが気になるところだったが、私はあの日のことが身もだえるほど恥ずかしくて「もう治った？」というＬＩＮＥの一本すら送れなかった。丹羽はあれ以来まだなかなかまどに来ておらず、顔を見たいなと思いつつも、私は動けなかった。

その日閉店してから店の掃除をすませると、私は「終わったよ」と父に報告しに厨房へ入った。入るなり、父が床にうずくまっているのが見えた。

「父さん⁉」

慌てて駆け寄ると、父は呻(うめ)き声をもらした。

「腰が、痛えんだ」

厨房で重いものを持ち運ぶことが多いコックの父にとって、腰痛は持病といえるものだったが、いままでうずくまるほどひどい様子は見たことがなく、私は途方に暮れた。

「いま、カレーの鍋を持ち上げようとしたら、ずきっとな」

「父さん、肩につかまって。とりあえず、椅子に座ろう」

私は大柄な父を助けおこすと、なんとか座面のやぶれた椅子に座らせた。この椅子は父が厨房での休憩用にといつも置いてあるものだった。

脂汗(あぶらあせ)を垂らしながらなんとか椅子に腰かけた父は、しばらく白い顔をしていたが、タオルを渡すとそれで汗をぬぐってから、私におもむろに告げた。

「なあ、千夏。見てのとおり、俺はだいぶ腰を痛めちまって、日々の仕事に支障が出るようになってきた。ちょっと早いが、うちの店に新しいコックを入れてえんだ。俺の友人の息子なんだが、先日そいつにその話を持ち掛けたら、ぜひにと言ってきた。お前さえよかったら、入れてもいいか？」

父の腰が心配な私としては、そこまで父自身が段取りをつけてあるのなら、こちらこそ歓迎だった。父にそう伝えると、父は「そうか、よかった」と言って、かたく目をつむる。痛みに耐えているのだ、と思うと私自身もつらくなった。

新しくコックとなる人の名前を父から聞いたのは、彼が店に来るその朝のことだった。

「紺堂直哉(こんどうなおや)くんというんだ」

「こんどう？　近いに藤って書くあの苗字かしら」

「いや、紺色の紺に、お堂の堂だよ。珍しい名だろう」

「本当だね」

二人で彼の苗字について話し合っているさなかに、父のスマホが鳴った。

「おお、着いたか。店の裏口から、入ってもらえるかい？」

裏口から現れたのは、背が高くて体格がよく、私よりもいくつか年上に見える男性だった。すっきりとした黒髪の短髪に、切れ長の瞳が印象的だ。白いコック服に身を包み、服の袖から伸びた腕は太くたくましい。彼は私たちを見ると、深々とお辞儀をした。

「今日からお世話になります。紺堂直哉といいます。このたびはよろしくお願いいたします」

熊のように大きい体をしているから、向き合ったときに少々緊張したけれど、彼はそんな私の身構えを吹き飛ばすように、ほがらかに挨拶（あいさつ）してくれた。

「直哉くんは、俺の調理師専門学校時代の友人の息子さんだ。彼の父は、福井で代々続く旅館の料理長をしていてな」

父の言葉を引き取って紺堂が続けた。

「僕は三男なんです。一番上の兄は父の跡を継ぐ予定だし、二番目の兄も割烹（かっぽう）で働いていますが、僕は昔から洋食に興味があり、最近まではホテルの洋食レストランで修業をしていました。実は、なかなかまど、数年前に一度父に連れられて来たことがあるんですよ。そのときから、素敵な洋食屋さんだと思っていました。——その日、千夏さんにお料理を運んでもらったことも覚えていますよ」

「ほんとですか。それは嬉しいです」

にこにこしながら話す紺堂に、私は緊張が解けていくのを感じた。とてもいい人だ、というのが第一印象だった。温かい人柄が彼の笑顔からにじみ出ていた。

「直哉くん、これがうちのレシピ帖だ。まずしばらくは俺と一緒に厨房に立って、うちなりの調理を覚えてもらうことになるが、むしろ俺のほうが教わることもあるだろう。気を遣わずに、よろしく頼むな」

父はそう言うと、紺堂にボロボロの大学ノートを渡した。私もまだちゃんと見せてもらったことのない秘伝のノートを、父がためらいなく紺堂に渡したのを見て、胸の奥がちりっと焦げた。

(あ、私、羨ましく思っているのかも)

客さばきがぴしっと決まるととても気分がいいので、ウェイトレスだってもちろん愛着ある楽しい仕事なのだけど、調理師免許という資格を持ち即戦力として父の片腕となれる紺堂を、羨望の目で見てしまう。

紺堂は父に指示されて、父が少し腰を休める間、今夜のカレーに使う玉ねぎの下処理をすることになった。なかなかまどのカレーは、じっくりと炒めた玉ねぎでコクを出すから、大量に用意することが必要なのだった。

私は底が汚れている鍋をまとめて磨いてしまうことに決めて、紺堂と雑談をしながら彼の玉ねぎのみじん切りの手際を見ていたが、まあほれぼれするほどに見事だった。

皮を剝いてから刻み終えるまでのスピードがとにかく速く、刻まれた玉ねぎは薄さがミリ単位で均等だ。私の質問ににこやかに答えながらも、素早い手の動きを止めることがない。完全にプロの手つきで、私は舌を巻いた。

「紺堂さんはいつからコックさんの修業に入ったんですか？」

「十七歳のときですね。当時高校に行っていたのですが、一刻も早く調理の修業がしたくて中退しました。わりと進学高だったので先生たちにはどやされましたが、いい思い出ですね。いま二十五歳なので、ちょうど修業を始めて八年になります」

「そんなに早くから、がんばっていたんですね」

「まあ、好きなことでしたから。調理人の世界は厳しかったけど、続けることは苦にはならなかったですね」

紺堂の見た目は精悍でストイックな感じを受けるが、話してみるととても気さくな性格をしていた。私は実は人見知りのところがあるのだけれど、彼とはスタッフ同士としてうまくやっていけそうな気がしてほっとした。

玉ねぎを刻み終えた紺堂は、続けて玉ねぎをきつね色よりもっと濃い色になるまで炒めはじめた。火加減や混ぜ方、すべてがよどみなく、迷いがなかったので、私はほとほと感心して紺堂をさかんに褒めた。

紺堂は嬉しそうに頬を染めて「千夏さんにこれからいろいろ教わることもあると思います。なんでも聞いてしまうかもしれませんが、よろしくお願いします」と頭を下げた。

紺堂が入ってから一週間が経った、十月初めごろの夜。店を閉めて紺堂が帰宅したあと父に話しかけられた。

「直哉くんはどうだ？　お前と上手くやっていけそうか？」

上手くやっていけそう、の言葉にしばし考えて私は言った。

「うん、紺堂さんはとても謙虚だし、調理の腕も申し分ないし、とてもいいコックさんだと思う。お友達の息子さんとはいえ、よくあんな人を見つけてきたよね」

「そりゃよかった。じゃあ、お前の婿としても、最適だな」

父の言葉が予測してないものだったので、私は思わず拭いていたお皿を落としてしまった。ガシャン、と音がして、白い皿がシンクの中でまっぷたつになっていた。

「婿、って。父さん、それもっとずっと先の話だったんじゃ？」

「先の話だと？　お前はもう二十二だろう。そんな悠長にかまえてたら、あっという間に三十になっちまうぞ。結婚が少しくらい早くてもいいじゃねえか。直哉くんほど、お前と一緒に店をやっていくのにふさわしい奴はいないと思うぞ」

すぐに丹羽の顔が浮かんだ。来春には、金沢からいなくなってしまうかもしれない丹羽。調理師免許を持ち、なかなかまどで一緒に働いてくれる紺堂。

私は混乱した。

「とにかく、ちょっと待って。すぐにはその話進めないで。私、じっくりと紺堂さんとも向かい合ってみるから、急がないで。そもそも、紺堂さんに私と結婚する気があるのかさえ、わからないでしょう？」

矢継ぎ早の私の言葉に、父は首をひねりながら言った。

「けれど直哉くんのほうは、昔店に来たときから、お前のことをいいなと思っていたようだぞ。今回もいずれ千夏と、という話をしたら嬉しそうにしていたし」

「とはいえ、まだお互いにどんな人なのかもよくわからないんだから。とにかく、急いだらダメ」

「まあまだ会って一週間だしな。ゆっくり仲良くなっていけばいいさ」

とりあえず納得したように見える父に、ひとまず安心しながら、私は割れてしまったお皿の後始末をした。まっぷたつに割れた皿が、何かを暗示しているように一瞬思えて、急いでその悪い予感を頭から追い払った。

十月半ば、その日は父の手を借りずに、紺堂が一人でカレーをつくったはじめての日だった。味見をさせてもらったが、たしかに父の味そっくりで感心した。

「じゃ、今夜のセットメニューはビーフカレーでいいですね」

私はそう言うと、店頭のブラックボードに「今夜のセットメニュー　ビーフカレー　サラダ　オニオンスープ」としゃがんで書き込んだ。

夜の営業時間になってすぐ、ドアベルがチリリンと鳴った。入ってきた人影を見て、私は声を漏らしそうになる。丹羽がひと月ぶりくらいに現れたのだった。

「ちなっちゃん、久しぶり」

懐かしい、そのふわっと笑う笑顔に泣きそうになった。先月の一件で私がつくったかもしれないと懸念（けねん）していたわだかまりはないようだった。

「お、今夜はビーフカレーセットかあ。久しぶりに、カレー食えるの嬉しいなあ。……あれ」

丹羽は、カウンターの向こうにいる紺堂の姿を目に留めたようだった。

「親父さん、今日いないの？　あの人は？」

「新しいコックさんで、紺堂さんというのよ」

まさか自分の婿候補だなんて言えなかった。紺堂がこっちを見て会釈したので、私は丹羽をカウンターのほうへ呼ぶと二人を対面させた。

「こちらが新しいコックの紺堂さん。こちらはお店の常連さんで、丹羽さん」

紺堂と丹羽は互いに笑みを浮かべ、挨拶しあった。私はそれを見届けると丹羽に言った。

「父が腰を痛めてしまって、手伝いにきてもらってるの。すごく腕のいいコックさんなのよ」

「へえー、俺と同年代に見えるのに、すごいね。じゃ、今日のセットのビーフカレー一つ」

「承知しました」

紺堂が準備をしている間、丹羽と何を話そうか迷う。言葉に詰まっていると丹羽から話し出してくれた。

「こないだ、怒らせちゃったみたいで、ごめん。でも、実をいうと俺が鈍くて、なんでちなっちゃんが怒って帰っちゃったのかいまいちわからなくて。そのうちに、いろいろ大学関係で忙しいことが続いちゃってさ」

「……いいのいいの！　私こそ、急に帰っちゃってごめんね。なんでもなかったから、気にしないで」

「――ちなっちゃん、こんど飯（めし）行かない？」

「え」

　思いもかけない丹羽からの嬉しい一言に、体が固まる。

「実は、もうすぐ姉が旦那さんとこっちに旅行に来るんだけど、あいつ、パスタの店が好きでさ。片町（かたまち）に美味しいところがあるらしいんだけど、事前リサーチして食べてみてって頼まれて。俺一人じゃ女子向けの店だから入りづらいし、だからちなっちゃん、よかったら一緒に行こうよ」

「いいの？」

　嬉しさに内心舞い上がっていると、紺堂が「千夏さん、運んでいただいてもいいですか？」と声をかけてきたので、慌てて厨房へ戻り、丹羽へとカレーの皿を運んだ。

　丹羽がカレーの皿を見て「あ」と何か気づいたように言う。紺堂がカウンターの中から「何か不手際がありましたでしょうか」と心配そうに訊いた。

「いつもはらっきょうと福神漬けがついてくるのに、今日は玉ねぎの甘酢漬けなんですね。工夫があっていいじゃないですか」

丹羽の褒め言葉に、紺堂は胸をなでおろしたようだった。

「お客様、さすがに常連さんなだけありますね。よく観察していらっしゃる」

「ななかまど、俺が大学一年のころから、もう六年も通ってますから。それでもこのカレーの味も、親父さんのと味の違いがわからないから、紺堂くんの腕はたいしたものだと思いますよ」

紺堂は丹羽の口にした六年、という言葉に感慨（かんがい）を覚えたようだった。

「じゃあ、千夏さんのことも昔からご存知だったわけですね」

「ちなっちゃんが高校生でウェイトレスやってたときから、知ってますから俺」

私は高校生だったころの自分を丹羽が覚えてくれていたのが嬉しいと思った。あのころは、よく顔を見る大学生の常連の一人としてしか意識していなかったけど、いまではこんなに――。

私の思考を遮（さえぎ）るようにして、紺堂が丹羽に聞いた。

「僕は二十五歳だけど、丹羽くんはおいくつですか」

「二十四。いまは院生してますけど、研究もそこそこにいま就活中なんですよ。一個受けてる本命のところが決まったらいいですけど」

「専攻はなんですか？」

「日本美術史。学芸員に絞って、美術館いろいろ受けてます」

「決まると、いいですね」

「ですねー」

丹羽と紺堂はカウンターを挟んで会話しながらすっかり打ち解けた様子で、今度は昨日テレビでやっていたサッカーの試合の話題に興じはじめた。同世代の男の子同士で気安いのかもしれない。

ちょっと蚊帳の外にされた気分になりながら、私はぼうっと立っていた。丹羽と、また外でご飯が食べられる。デートっていってもいいのかな。

だんだんドキドキしてきて、私はそれを誤魔化すために厨房へ入り、調理をする紺堂の横で皿洗いを始めた。丹羽の進路がどうなるか、わざと考えないようにしながら。

3

デパートやビジネスホテルなどが立ち並ぶ金沢市中心部の繁華街、香林坊から犀川大橋のほうへまっすぐ向かうと、片町商店街が道の左右に広がる。片町のメインストリートは約四百メートルくらいだけれど、歩道の上には雨よけのアーケードが設けられていて、石川県が降雨量の多い地域であることを思い出させてくれる。金沢では昔から「弁当忘れても傘忘れるな」と言い伝えられているくらいだ。

今日は丹羽と、片町商店街沿いに近年できた「片町きらら」というショッピングビルの前で待ち合わせている。もちろん、急に降られたときのために傘も持参していた。

「片町きらら」はファッションブランド「Ｈ＆Ｍ」や生活雑貨店の「Ｌｏｆｔ」がビル内に入り、若者たちの集まれる新たな商業施設として、すでに金沢の顔のひとつとなっていた。

丹羽は今日は約束の時間通りにやってきた。きららの前に立っている私を見つけると、片手をあげた。私も丹羽に駆け寄った。

「待たせちゃった？」

「ううん、いま来たところ」

「ここに来る前に、店の場所確認してきた。じゃ、行こうか」

丹羽の少し後ろを歩きながら、久しぶりに中心街へ出たな、と思った。片町は多くの飲食店やバー、ナイトクラブなどがある大人の町という印象だ。丹羽は商店街から伸びる路地へ入ると「こっち」と私を案内した。居酒屋の看板がいくつも目に飛び込んでくる。

ほどなくして、目当てのイタリアンの店に入ることができた。裏通りに店をかまえる、壁が一面深緑に塗られた洒落た印象の店だ。

昼どきの店内は、女子の二人連れや若いカップルでにぎわっていた。店員さんに案内されて、窓側の席に二人で腰掛ける。

「今日は付き合ってくれてありがとう。まったく弟づかいの荒い姉でね、ちなっちゃんが一緒に来てくれて助かったよ」

お姉さんにいいように扱われている丹羽を想像して、私はくすっと笑った。

「お姉さんはもうご結婚されてるんだね」

「うん、二年ほど前に。旦那さんがまたいい人でさ、姉のわがままぶり、ぜんぶ聞いてやってるみたい」

そうぼやく丹羽の顔は心なしか楽しそうで、お姉さんと仲がいいのが窺えた。

メニュー表を見ながら、丹羽はアンチョビとキャベツのペペロンチーノ、私は黒豚とオリーブのトマトパスタを選んだ。

「ずいぶんおしゃれなメニューばかりだね。ななかまどでは普通のミートソースやナポリタンしか出してないから、こういうのはなかなか真似できないなあ」

「俺は庶民的なななかまどのメニューのほうが、好きだけどね」

さらっとそう言ってくれる丹羽の言葉に嬉しくなってしまう。二人でしばらくたわいない話を楽しんでいたが、私は今日ここに来るときから聞こうかどうか迷っていた、丹羽の就職のことについて水を向けてみることにした。

「丹羽さん、就職活動はやっぱり地元の東京のほうでやっているの？」

丹羽はためらいなく頷いた。

「そうだね、俺は仕事にも就きたいけど、その一方で美術関係の論文も書き続けたいから、そうなるとやっぱり、研究環境が充実している東京が魅力的で。金沢も、古くからの伝統があって、六年も住んでいるからすごく好きな街ではあるんだけど、また東京に住みたいかなあ」

やっぱり、と胸に寂しさが広がる。丹羽は来年の春には東京に戻る可能性が高そうだ。私はつらい気持ちを押し隠して、笑顔をつくると言った。

「丹羽さんは、自分の研究で、どういうことがしたいの？」

丹羽はぱっと顔を輝かせると語り始めた。

「俺が、日本美術史のなかでの美人画の系譜を研究してるっていうのは、話したことあったよね。古い絵画って一見とっつきにくそうに思えるけど、解釈次第ではとても面白いってことを、たくさんの人に伝えたいんだ。絵描きと、その絵のモデルになった女性、ミューズって言ってもいいかもしれないんだけど、その関係に思いを馳せるのも楽しいし、その美人画が描かれた社会的背景を考察するのも面白い。

女性の美をみんな一様に描いていてさ。絵ごとに個性があってね。現代まで研究に入れると、まあいわゆる漫画やアニメの萌え絵にもつながってくるんだけど」

まくしたてるように話す丹羽はいきいきしていた。

「江戸時代の浮世絵は、日本国内の美術館だけじゃなくて、大英博物館やベルリン国立アジア美術館にも所蔵されてるんだよ。いつか、海外にも行って本物をぜひ見たい。日本の絵画文化のなかでも、そのときどきの歴史の上で、有名だったり無名だったりする絵描きが、当時の女性の美を描いてきたんだと思うと、とても面白くてね。その魅力をいろんな人に伝えたいんだけど、俺の力がまだまだすぎて。とりあえず学芸員として就職したいし、そのなかで力や知識をたくわえて、いろんな人に絵の魅力を知ってほしいんだ」

丹羽が自分の夢を明確に語ってくれたのははじめてで、そういうことを話してもいい仲になれてきたのかな、と思うと誇らしくなった。

「丹羽さんの夢、とてもいいと思う。きっと叶えてね。やっていきたいことがあって、本当に自分の勇気になるよね。私も応援してる」

「ありがとう、嬉しいよ。ところで、ちなっちゃんの夢は、やっぱりなかまどを継ぐことかな？」

丹羽に聞かれて、私も胸をはった。

「うん、そう。もう物心ついたときから、ずっとそう思っていたから。私の夢は、父と母がつくったななかまどを守り続けること。大好きなものを守りたいと思うのは、当たり前でしょ」

「大好きなものを守りたいか。いい言葉だね。俺も、美人画文化に対する気持ちは、そういうところがあるかも。でも、ちなっちゃんはもうすでに、実行しているからすごいよね。ななかまどにちなっちゃんは欠かせない存在だもんな」

丹羽が私とななかまどについて、そう思ってくれていることがとても嬉しい。パスタが運ばれてきて、食べている間も、私は丹羽の顔をちらちら盗み見ては想いにひたっていた。

丹羽がいなくなるのは寂しいけれど、今日こうして食事に誘ってくれて、丹羽自身の夢の話をじかに聞けただけでかなり幸せかもしれない。丹羽に好きだと伝えたい気持ちももちろんあるけれども、いまはこの関係を壊したくない――そんな気持ちのほうが強かった。

食べ終えたあと、二人で「ちょっと腹ごなしに散策したいよね」と相談して、片町から香林坊の方へ戻り、百万石通りのほうへ折れていしかわ四高記念公園で散歩することにした。

ちょうど紅葉の時期で、うらうらと暖かい十月の陽ざしが、公園に沿って植えられている赤く色づいた並木に降りそそいでいる。とても気持ちいい秋の午後だ。

「この並木はアメリカ楓っていうんだよ。母が肺炎で亡くなる前に、公園の整備があって、そのころは元気だった母と二人で、新しくなったこの場所で散歩したんだ。そのときこの木の名前を教えてもらったの」

としみじみと言うと、丹羽は「知らなかった」と言って二人で並木を見あげた。

いしかわ四高記念公園は、週末になるとスイーツフェアだとか工芸フェスタなどでテントがたくさん出て賑わうときもあるが、今日はなんのイベントもないようで、広々とした芝生が広がっていた。

キャッチボールをする親子連れをぼんやりと見ながら、丹羽と公園内のベンチに座ってゆったりとくつろいだ。いままでになく丹羽の存在を近くに感じたけれど、もうドキドキする気持ちは収まって、ただ穏やかな気分だった。

「あーこのまま芝生に寝っ転がって昼寝したい！」

丹羽がとつぜんそう言ったので、笑ってしまった。

「たぶんちくちくするよ」

「いいんだよ、それも醍醐味。こんな晴れた秋の日で、お腹もいっぱいで、こんなに気持ちいいんだから、やらない手はないだろ」

丹羽はそう宣言すると、芝生に本当に寝っ転がって「あ、やっぱり草が刺さって痛い」と笑った。そうしながら私に言った。

「俺も、ちなっちゃんのお母さんのこと覚えてる。ななかまどに通いはじめたころ、よくおかず一品多くとか、サービスしてくれた。優しい人で、ちなっちゃんに顔立ち似てたよね」

まさか丹羽が、そんなことを記憶してくれていたなんて思いもよらず、私は驚いた。

「大学入ったばかりのころ、ななかまどで食べた帰りに雨が降ってきて、俺に傘貸してくれたこともあったな。そのころは金沢があんなに雨ばっか降るところって知らなかったから、ありがたかった」

思いがけない母と丹羽のエピソードに、胸が少し熱くなった。

「今日も実は傘もってきたけど、降らないみたいだね」

「さすが地元民、用意がいい」

丹羽が茶化(ちゃか)したので、私も笑い声を立てた。

丹羽は私とのこの時間を、どう思ってくれているのだろう。想像しようとしたけれどわからず、私はそのことについて深く考える気持ちを頭から追い払った。

いま、こんなにいい天気で、大好きな人が近くにいて、その時間をただ大切にしようと思ったのだ。神様にふいに渡されたギフトのように、特別で完璧な時間だった。幸せというのはこういうことなんだ、と心底わかるような温かなひとときだった。

いつか丹羽が遠くへ行ってしまっても。アメリカ楓が風に揺れていたこの秋の日に、丹羽の夢の話を聞いたことを私はずっと覚えているだろう、私はそう思って目を閉じた。

4

街中の木々が色づき始めた十月の終わり、私は高校時代の友人で、丹羽と同じ大学に通っている葉山奈々子（はやまななこ）と、なかまどの定休日に待ち合わせをしていた。待ち合わせ場所は、奈々子の大学の近くのコーヒーの美味しい喫茶店だった。

奈々子とは高校時代に一番の親友だった。しっかりものの彼女は「学校の先生になりたい」と教育学部を受験することを早々に決めていて、私が高校を卒業したらなかまどを継ぐか、それとも父の言うように大学に進学するか迷っていたときも、よく相談に乗ってくれていた。

「千夏、久しぶりっ」

「奈々子も。大学も同じ金沢なのにさ、なかなか会えないね」

「それは千夏がお店が忙しいからでしょう」

「それもそっか」

注文を済ますと、奈々子が声をひそめて話しかけてきた。

「そう、あのね……」

「なになに？」

「なんとっ、彼氏ができましたー！」

「本当にっ」

私は身を乗り出した。奈々子は勉強が好きで真面目な子という印象が高校時代からずっとあったので、そんな彼女にもいい人ができたのかと感慨深くなった。

「同じ大学の人？」

「うん、ゼミが一緒だった人でね。一緒に勉強しているうちに仲良くなって、ごはんに行って」

「そうだったの！　良かったね」

手をとりあって一緒に喜んだ。奈々子は、今度はこっちに身を乗り出してくる。

「千夏は？　千夏は？」

「えー、お店が忙しすぎて、そんな人いないよ」

「そうなの？　せっかくの大学生活なのに、もったいなくない？」

「そもそも単位ほぼとり終えちゃったから、いまは大学あまり行ってないの。だいたい毎日実家で働いてる」

「それじゃあ、出会いがないのでは？」

ある、という言葉を私は呑みこんだ。まさかお店に来てくれる院生の丹羽が好きだなんて言えやしなかった。

「それより、奈々子の彼氏の話聞かせてよ」

「えー、将（まさ）くんはねー」

さっそくでれでれしはじめた奈々子を、（可愛いなぁ）と思いつつ私は運ばれてきたミルクコーヒーに口をつけた。

会計を済ませ、店を出たところで、向こうから大学生の群れが歩いてきて、行き違おうとしたときに「あれ」と中の一人が言った。

「ちなっちゃん？」

はっとして顔を上げると、目の前に丹羽がいた。まさかこんなところでばったり出くわすとは思ってなかったので、私はあわあわした。でもたしかにこのへんは丹羽の大学の近くでもあるから、出会ってもおかしくないエリアではあるけれど、いきなり好きな人の顔を見たので、頬が熱くなっていく。

「こんなとこでばったり会うなんて、偶然だね。隣はお友達？」

「高校時代の友達なの。一緒にお茶してたところで」

丹羽が気さくに話しかけてきたので、私も笑顔になって答えた。向こうも人と一緒なのに、足を止めて話しかけてくれて嬉しい。

周りにいた丹羽の仲間の一人が、冷やかしてきた。

「丹羽っち、こんなとこでナンパかますな」

「ナンパじゃなくて、知ってる子なの。桜町にある洋食屋の娘さんでね。ときどきお店に食べにいってるから、仲いいんだ。――ごめんね、ちなっちゃん、急に呼び止めちゃって。こいつら、俺のゼミ仲間なんだ」

ううん、大丈夫、と首を振りながら、丹羽のゼミ仲間を見ていて、はっとした。丹羽にいま「ナンパかますな」と言った、短髪の男子大学生のほかに、大きな黒縁眼鏡をかけた真面目そうな男子大学生、そして紅一点として、このあいだ丹羽の部屋で出くわしたふわふわした焦げ茶色の髪の美人の子がいる。その子が丹羽の腕をいきなりとり、唐突に「丹羽さん、早く行きましょ。ゼミ合宿の打ち合わせ時間、ただでさえないのに」と言った。いや、距離が近すぎないか、と私は思った。

その女の子が、私と丹羽を交互に見てだいぶ面白くなさそうな顔をしているので、私は場を切り上げようと声をかけた。

「丹羽さん、私たち、これから遊びに行くから。またなかまどで待ってるね」

「うん、またなかまど行くねー。じゃ、また」

丹羽たちと別れて、私はさっさと歩きだした。丹羽との距離がほぼないといってよかった、さっきの女の子。たしか、丹羽は以前に水橋なつめさんと言っていたか。先日はただポカリを差し入れてくれただけと言っていたけど、あそこまでべたべたしなくてもいいのに、と憤慨（ふんがい）した。

後ろから、奈々子の声が追いかけてきた。

「千夏、千夏！　ちょっと、早く歩きすぎ」

「あ、ごめん」

立ち止まりがてら、後ろを振り返ると丹羽たちが、私たちがさっきまでいた喫茶店に入っていくのが見えた。

「もー、千夏ったら」

奈々子は息を切らしてそう言いながら、私にずばっと言ってきた。

「さっき声かけてきた知り合いの人？　なんか千夏のこと好きそうじゃなかった？　そして千夏もまんざらでもない感じ？」

「え、えええ、えっ」

奈々子がいろいろ見抜いているので、私はおろおろした。

「丹羽さんは誰にでも気さくだから、そんなことはないよ。でも、私が丹羽さんのことを好きなのは、本当。丹羽さんからこの間、就活は東京でやってるって聞いたばかりなんだ。私は金沢でお店を継ぐから、どのみち叶わない恋だなって」

「そっか、切ないー」

奈々子はそう言いつつも、うーん、と腕組みをした。

「さっき、その丹羽さん？　に寄り添ってた子がいたでしょう。あの子、めっちゃ不機嫌になっていたね。きっと丹羽さんのことが好きなんじゃない？　ライバルだ」

奈々子はそう言うと、声をひそめて言った。

「同じゼミ仲間なんでしょう？　丹羽さんとその子も。私と将くんも、ゼミが同じでくっついちゃったから、ちょっと心配だよね」

「丹羽さんは、この間、彼女はただの後輩で、別に付き合ってるわけじゃないって言っていたけど」

「でもそんなのいつひっくりかえるかわからないよ。とにかく、あの子は要注意ね」

奈々子がそう繰り返すので、私の心の中にも、重たい雲がたれこめてくるようだ。丹羽が、またすぐにお店に来てくれたらいいのに、そしたら不安が消し飛ぶのに。そんなことを思いながら、奈々子と並んで、枯れ葉の転がる歩道を歩いて行った。

肌寒さを感じるようになってきた、十一月初旬の朝九時半ごろのこと。今日は授業がないので、私は朝からなかなかまどで父と一緒に開店準備をしていた。もうすぐ紺堂と高瀬さんが出勤してくる。それまでに片付けられることを片付けよう、と思い、作業にとりかかろうとしていたときに、私のスマホが鳴った。待ち受け画面には「高瀬凜」と表示されている。

息子さんが熱でも出して来られないのかな、と推測して電話に出ると、高瀬さんが開口一番慌てたように言った。

「おはようございます、すみません。息子が保育園にどうしても行きたくないと言って、目を離したすきに家から脱走してしまったんです。いま近所を探しているところなので、遅れます」

謝る高瀬さんに「いまは落ち着いて、息子さんを探してください。こっちは心配しなくていいですから」と言ってなだめると、通話を切った。

「おはようございます。――え、どうしたんですか」

裏口から現れた紺堂が、表情を曇らせている私と父の様子に不思議そうな顔をしたので、私は事情を話した。紺堂も心配そうな顔になる。

「まだ、五歳ですよね。車との事故も心配だし、なにより一人でフラフラしていて悪い人に連れ去られてしまったら――」

と紺堂が不穏なことを言うので、ますますこちらも不安がつのった。

「開店の準備は大丈夫だから、時間まで私たちも手分けして探しましょうか。父さんは店にいてくれる？　私と紺堂さんは外に出るから、何かあったら、私のスマホにかけて」

「おう、わかった」

高瀬さんに私たちも探すことを伝えて、外に出た。息子さんは、園の青いスモックを着て、黄色い帽子もかぶっているらしい。目立つから、高瀬さんの家付近からそう遠くないところですぐ見つかるんじゃないか、と見当をつけると私たちは探し始めた。

一時間ばかり探し、高瀬さんからも紺堂からも見つかったという連絡が来ず、心配がさらにふくれあがりはじめたところで、父から電話がかかってきた。

「おい、千夏。高瀬さんとこの坊主、なかなかまどに現れたぞ」

「ええっ」

たしかに高瀬さんが息子さん連れで自身の休日になかなかまどに現れたことはいま

までに何度かあった。けれど高瀬さんの家からなかなかまでは子どもの足でわりと距離がある。よく歩いてこられたな、と感心しながらも、とりあえず開店前に見つかったことにほっとする。高瀬さんにすぐさま電話をかけて、息子さんを無事に保護したと伝えた。

「隼太(はやた)！」

なかなかまどのドアを開けるなり、高瀬さんは涙ぐみながら隼太くんを叱った。

「もうっ、勝手に家から出て行っちゃって！　ママ、ひどく心配したんだからね」

隼太くんは高瀬さんと目を合わせようとせず、床を見つめて、ぶすっとした表情をしている。

「どうして、保育園に行かないの？　みんなと一緒にいるのが楽しくないの？」

責めるような口調で矢継(やつ)ぎ早(ばや)に質問する高瀬さんを、紺堂が「まあまあ」と制止する。

「無事に見つかって良かったじゃないですか」

隼太くんは、高瀬さんに何度聞かれても、脱走の理由を話そうとはせず、そのうち店の開店時間間近になってしまった。

「とりあえず、紺堂さんは持ち場についてください。ホールは私が今日やるから、高瀬さんは隼太くんと二階の仏間にいてもらっていいですか？」

「すみません」

園児を店内でうろうろさせるわけにもいかず、私はとりあえず隼太くんが落ち着くまで、と思ってそう提案した。

開店してまもなく、ランチタイムに丹羽が現れた。

「あれ、いつもお昼は高瀬さんがいるのに、今日は？」

と訊かれたので、私は事情を話し、高瀬さんと息子さんが仏間にいることを伝えた。すると丹羽は、

「高瀬さんの息子さん、俺会ったことない。挨拶してこよっかな」

といつもながらの謎のフレンドリーさを見せた。

「二階にいるから、上がっても構わないよ」と私が言うと、丹羽は本当に階段を上っていった。

ほどなくして、高瀬さんが一人でホールに戻って来た。

「隼太は、丹羽さんが気にいったみたいで、一緒に遊びたいって。丹羽さんが『俺が隼太くんの相手をしますから、高瀬さん忙しい時間ですし、ホール行っていいですよ』と言ってくださったんです」

私ははじめて丹羽の子どもあしらいの上手さを知った。そういえば、21世紀美術

館でデートしたときも、巻き毛の女の子を助け起こしていたから、子どもが好きなのかもしれない。

仏間を、ホールの手がすいた隙にそっと覗いてみると、丹羽と隼太くんは、チラシの裏にお絵描きをして遊んでいるようだった。安心しながら、丹羽が優しい顔をしていることに、ほの甘い気持ちになった。

お昼前、父が丹羽と隼太くんにエビピラフをつくったので、私は仏間に運んであげた。

私と高瀬さんは二人を心配しつつも、お店がひどく混んできたので対応に追われているうちに、午後になってしまった。

お店からランチタイムの客がようやく退け、中休みのためにドアに「CLOSED」の札をかける。そのすぐあとに、丹羽が隼太くんを連れてホールに戻ってきた。なにやら、大きなチラシを一枚持っている。

丹羽がにこにこしながら、高瀬さんに向かって口を開いた。

「今日はママの誕生日だから、いつも働いているママに何かしてあげたいと思って、家にいたかったんだけど、どうしたらいいかわからなくなって逃げちゃったんだって。だから、俺が『ママの絵を描いてみたら？』と提案して、二人で高瀬さんの絵を描いたんだ。——ほら」

　丹羽にうながされて、隼太くんが高瀬さんにチラシの裏にクレヨンで描いた絵を渡す。

「ママ、お誕生日、おめでとっ」

　そこにはエプロンをつけている高瀬さんの似顔絵が上手に描かれていた。高瀬さんはチラシを受け取ると、しゃがみこんで隼太くんと目を合わせ、小さな頭を抱き寄せた。

「隼太……何もわかってなくて、ごめんね。ママ、すっごく嬉しい。ありがとう」

　高瀬さんの目のふちが赤くなっていた。隼太くんは興奮したように言う。

「このお兄ちゃん、すごいんだよ！　ウルトラマンも、ピカチュウも、ドラえもんも、なんでも描けるんだよ！」

「特撮好きとアニメ好きってことがバレちゃうから、あんまり言わないでそれ」

　丹羽がすかさず隼太くんに言い、みんなで笑った。

「まさか女の子向けのアニメも描けるのでは」

「もちろん描ける描ける……っておい！　さすがに描くのは無理だから！」

　紺堂の質問に丹羽がノリツッコミで返し、私は心の中で、いや描くのは無理でもいろいろ見てそうだよな、研究分野的に、と思って涙が出る勢いで笑った。

「丹羽さん、絵の研究だけじゃなくて、絵そのものも描けるんだね」

「まあ、手遊び程度だけどさ」

と丹羽が照れたように笑う。高瀬さんは丹羽に何度もお礼を言った。

「この絵、宝物にします。今日は隼太と遊んでくださって、ありがとうございました」

「隼太くん、また遊ぼうなっ」

丹羽がかがんで隼太くんに微笑みかける。隼太君も目を輝かせると「また遊んでなっ」と笑った。

「ごめん、俺、カテキョのバイトあるからそろそろ行かないと、じゃあまた」

丹羽はそう言うと、隼太くんに「バイバイな」と言い、ななかまどを出て行った。高瀬さんと隼太くんは手をしっかりとつなぎ、お互いににこにこしていた。子どものヒーローになっている丹羽の新たな一面が見られて、私はとても嬉しかった。

「高瀬さん、今日はもう退勤時間だから帰っていいですよ」

「ありがとうございます、そうします。いまは家に母親もいるし、もうこの子も落ち着いたみたいだから」

「せっかくの誕生日なんだからゆっくりしてくださいね」

と私は、ケーキをサービスで持たせてあげると、そううながした。

その日の夜は、父が腰の調子が思わしくないため『直哉くんに厨房を任す』と言って二階に上がったので、私と紺堂は二人きりでなかなかまどを切り盛りした。

店に入ってしばらく経ち、紺堂のつくる洋食は常連のお客さんたちにもすでに評判となっていた。父の味をほぼ変えないのに、つけあわせや盛り付けで少しずつ彼なりの個性を出していて、そこがまた「目新しくていい」とよく褒められていた。

私と紺堂の呼吸もだいぶ揃ってきて、目くばせと小さなひと言をお互いに交わすだけで、次に何をすればいいのかをすぐに了解できるようになっていた。

お店のバタバタがやっと片付いた午後八時四十五分、お客さんがすべて帰ったので閉店の準備をしながら私は紺堂に話しかけた。

「紺堂さん、お疲れ様です。今日はもうお皿も全部洗っちゃったし、九時になったら上がってくださいね」

「ありがとうございます」

紺堂はコック帽をかぶった頭をちょっと下げて微笑むと、

「千夏さんは本当に働き者ですね。体調には気を付けてください」

と温かい言葉をかけてくれた。私はその言葉にほっとした気分になると、

「うん、そうします。だいぶ寒くなってきたから、風邪にも気を付けないといけな

いですね」

と彼に笑いかけた。

「千夏さんは――」

紺堂は言いかけて、言葉を切った。

「いえ、なんでもありません」

「なんですか？」

訊き返すと、紺堂は「いえ、本当になんでもなく」と言ってから、「ゆっくり仲良くなっていきましょうね、僕たち」と言った。

言外の意味を感じ取り、私は（ああ、私がお嫁さん候補だってこと、紺堂さんもわかっているんだ）と気付いた。父の性格的に、そのことを告げずに彼を引っ張ってくることはないように思えた。そのうえで、はっきりしたことを言わずに「仲良くなっていきましょう」という言葉にとどめた紺堂に対して少し好ましく思った。

「――そうですね、ゆっくり」

そう返答しながら、やはり心をよぎるのは丹羽の笑顔で、私は切なくなった。次の春、私はどうしているんだろう。誰と一緒にいるんだろう。そんなことを思いながら、ロッカーからモップを取り出した。

「九時です。帰ってくださいね」

そう紺堂に言うと、彼は口もとに笑みを浮かべて、

「おやすみなさい、千夏さん。また明日も」

と言い、ロッカールームに消えていった。

三皿目　火花散るフルーツパフェ

1

十一月中旬の木枯らしが吹く寒い日曜日、私は佳境に入って来た卒論について調べものを終えたあと、夕方五時ごろなかまどに入った。これから閉店まで高瀬さんと交替して勤務をする予定となっていた。

私が店内に顔を出すと、紺堂と丹羽がカウンターをはさんで談笑しているのが見えた。奥の席には、久しぶりに林田のおじいちゃんの姿も見えた。

「あれ、丹羽さん、来てたんだ」

「ちなっちゃん、お帰り。もう帰るとこだったから顔見れてよかった。――報告があるんだ」

「報告？」

丹羽はにこにこしながら私に言った。

「俺、本命にしていた東京の美術館から、採用の知らせをもらったんだ。このあいだ、ちなっちゃんに話していた夢が、ようやく最初の一歩を踏み出せそうだよ。あのときは本当にありがとう」

　わかっていたこととはいえ、頭がいっぺんに真っ白になる。やっぱり、と思う気持ちと、その事実を受け入れたくない思いで、私は葛藤（かっとう）した。

「──じゃあ、春からは、東京に」

「うん、あー、楽しみだな」

　無邪気に笑う丹羽に、喜んであげないといけないとわかりつつも、私は硬い表情しかできなかった。

「すみません、二人のお話し中に。僕、今日はちょっと用事があるので、店長に厨房をまかせて、先に上がりますね」

　私と丹羽の会話を遮るように、紺堂が言葉をはさんできて、バタバタと帰る準備を始めた。丹羽が「またなー」と紺堂に手をあげ、紺堂も手をあげて丹羽に応えると、裏口から出て行った。

「丹羽さん、よかったね。就職決まって」

　やっとのことで、それだけを小さい声で言うことができた。丹羽はとくに気にしたふうもなく「ほんと、ありがとね、あのときは」と言うと「ところでさー」と話けど」

「紺堂とさっき話してたんだけど、あいつね、ちなっちゃんのこと気になってるみたい。可愛いって、さかんに言ってたよ。俺から見て、二人お似合いだと思うんだけど」

冷たい水を、バケツで頭の上からひっくり返された気分になった。

何も言葉にならず、私はひどい顔をしていたはずだ。丹羽は「あれ、そうでもなかった？」といつもの笑顔で茶化すと時計を見て「あ、そろそろ俺もバイト行かなきゃ。また春まで、なかまど通わせてもらうからよろしくね」と席を立ち、出て行ってしまった。

なかまどの店内には、大ショックを受けた私と、いまの顚末を見届けた青い顔の高瀬さんと、林田さんが残された。

丹羽が東京に就職が決まったという報告と、追い打ちのような「紺堂とお似合い」という言葉のダブルパンチで、私はもう感情をせきとめることができなかった。お客さんである林田さんがこちらを見ているのをわかりながらも、涙がどんどん出てくるのを抑えられない。高瀬さんが私に声をかける。

「千夏さん、千夏さん――大丈夫ですか」

「うん、ごめん――、ちょっと、いま、こらえ、られ、なくって」

父が二階から下りてくる前に泣きやまなければ、とわかっているのに、涙はあとからあとから出てきて、私はしゃくりあげはじめた。

　高瀬さんが走って行って、ドアにかけてある「OPEN」の札を裏返して「CLOSED」に直した。

「これで、誰もしばらく入ってきませんから！」

「あり、がと」

　ふいに、コツ、コツ、という音が耳の間近で聞こえて、私は泣きぬれた顔をあげた。林田さんが、杖をついて、私のすぐそばまで来ていた。

「千夏ちゃん、大丈夫かね？」

「あ、は、い。すみませ、ん……」

　ひっく、うっくと言葉を切りながら、私はなんとか答えた。林田さんはふうっとため息をつくと、私に言った。

「千夏ちゃんは、丹羽くんを好いていたんだね。だからこんなに泣いているんだね」

　常連さん同士での会話の多いなかまどなので、林田さんも丹羽と会話したことがあるのだろう。私はゆっくりと頷いた。

「ずっと、ずっと丹羽さんのことが好きだったから――」

「わしがなんとかしてあげられたらいいと思うが、年寄りにできることは少なくてね」

林田さんは小さな子に諭すような口調で私に告げた。

「千夏ちゃん、一つだけ教えてあげよう。人はね、悲しい顔をしてものほしそうな人を素敵とは思わないんだ。満たされて、周りに優しさや思いやりを分け与えられる人にこそ、そばにいてほしくなるんだよ。どうにもしんどいと思うが、人を思い通りにはできない。だから、千夏ちゃんができることは、自分の思いを押しつけることじゃなくて、丹羽くんがどうやったら喜んでくれるかを考えることだと思うよ。残された時間は短いが、やってみる価値はある」

林田さんの言葉を、風邪を引いたときゆっくりと粥を噛むように、心で受け止めた。すべてをいますぐ理解できるわけではなかったが、自分のためではなく丹羽のために、と林田さんの言うように考えたいと思った。

「ありがとう、ございます」

お礼を言って、どうにか涙を止めることができた。

二階から、何も知らない父が腰を押さえながら降りてくるころには、私はようやく、いつも通りのフリをとりつくろうことができた。

高瀬さんは私を心配しながらも、交替の時間なので帰って行った。

その晩は店を閉めたあと、一人で部屋にこもってたくさん泣いた。丹羽が来春いなくなることが決定的になった、という事実は、想像していたよりもずっとつらかった。

大好きな人が目の前からいなくなる、という決定づけられた事態は、私に母を亡くしたときのことをいやでも思い起こさせた。

私と母は仲がよかった。母はそれほど体の強い人ではなかった。まだ早いと両親に言われながらも、高校生のときから店に出たのは、母のフォローをしたいためでもあった。

飲食店の立ち仕事はキツい。母はときどき寝こみ、そのたびにそのときどきのバイトさんや私が、母の代理として働いた。

『ありがとね、千夏』と笑う、母の顔を見るのが大好きだった。

高校二年生の冬、ちょうどそのとき本多さんが故郷に帰る用事ができて、私も模試の日だったのでなかなかまどに出るわけにはいかず、風邪をひいた母しか、お店に立つことができなかった。立ち仕事で働き続けた母は、肺炎を発症して即入院となり——そのままこじらせて亡くなるまであっという間だった。

父も私も本多さんも、みんな自身を責めた。母を亡くした当時の痛手は、まだかさぶたにすらならないまま、私の中でじくじくと傷として残っていた。

大好きな人を無防備に失うことが、こんなにつらいものなのか。

丹羽は遠くに行ってしまうだけで、もちろんこの世から消えてしまうわけではない。そのことはわかっているつもりだけど、金沢でなかまどを継ぐことを決めている私と、東京でやりたいことを追う丹羽では、もう二人の道が重ならないことは決定的だった。

悲しい顔をしていても、丹羽を幸せにはできない。林田さんの言葉が胸に刺さった。いまは、誰も見ていないところで思いきり泣くことで、自分の心を癒すほかない私だった。


それでも朝はやってきて、また日々が始まる。

翌朝、一人でなかまどの厨房に立ち、開店準備をしていると、紺堂がひょっと顔を出した。

「千夏さん、おはようございます。昨日は早く上がってすみませんでした」

「紺堂さん、おはようございます。早上がりなんて珍しいな、と思ったけれど、何かあったんですか?」

訊いた私に、紺堂は笑顔で答える。

「実は、地元の友人が福井から金沢に昨晩来てたので、ちょっと飲みに。すみません、勝手な理由で仕事を抜けてしまって」

「いえいえ、普段朝早くから夜遅くまで、しっかり働いてくれてるんですから、たまにお友達と飲むくらい、かまわないですよ」

そう話しつつも、昨日丹羽に言われた『あいつね、ちなっちゃんのこと気になってるみたい。可愛いって、さかんに言ってたよ』という言葉が頭から離れず、紺堂の顔をちゃんと見ることができなかった。紺堂がそもそも、私のことを丹羽の前で褒めたりするからいけないのだ、などと心の内で責任転嫁(てんか)までしてしまう。

「あ、そういえば先日、僕街で丹羽くんを偶然見かけたんですよ。女の子と一緒だったけど、彼女さんですかね？」

紺堂が無邪気にそう言ってきたので、私は胸にずしんと重たい石を投げ込まれた気分になった。

「――もしかして、焦げ茶のふわふわの髪の子ですか？」

「あ、そうそう、そんな髪の、モデルさんみたいに綺麗な子でしたね」

水橋なつめさんに間違いない、と私は思ってぐっさり傷ついた。ひょっとしたら二人は、あのあと付き合うことになったのかもしれない。邪推(じゃすい)していたたまれない気持ちになってしまった。

「ま、僕は正直、千夏さんの雰囲気のほうが好みですけどね」

紺堂がストレートにそんなことを言うものだから、私はその言葉を受け止めそこねて、無言になってしまった。それでも、じわじわ首のほうから、顔が熱くなってくる。

「へんなこと言わないでください。さ、今夜のメニューはなんでしたっけ」

無理やりに話題を変えると、紺堂はにっこりした。

「トマトシチューにしようと思ってます。最近寒くなってきたから、あったまりますよ」

「そ、そうですよね」

紺堂の一挙一動に、なぜか動揺してしまって、私は歯がみする。なにしてんだ私、いつも通り、いつも通り――。紺堂はふいに私をじっと見ると、おもむろに口を開いた。

「好きですよ、僕も」

「え、な、なにがですか？」

「シチューが」

からかってんの⁉ それともいちいちひっかかる私が悪いの⁉ と、うるさく鳴る心臓を押さえながら、私は台拭きをしぼると「テーブル拭いてきますっ」と紺堂に背中を向けた。

2

木枯らしが吹き始めた十一月下旬の寒い日、ななかまどではこの秋はじめて暖房を入れた。

大学の授業はほぼ単位を取り終えて、あとは卒論提出のみとなっていたので、私は論文を書くとき以外は、日中でもななかまどでウェイトレス業務をしていた。

ランチタイムの客が退けた一時半、高瀬さんと私は、ひまなのでおしゃべりをしていた。

「隼太、丹羽さんと一緒にお絵描きしたあの日から、すっかり絵を描くのがブームになっちゃって。このあいだは好きなお船の絵が描きたい！　って言い出して、丹羽さんと金沢港まで船を見に行ったんですよ」

「へえ、すごいですね。楽しかったでしょうね、隼太くん」

「最近は、絵さえ描いていればおとなしく一人で遊んでくれるので、助かってます」

ふふっと二人で顔を見合わせて笑ったとき、ドアベルが鳴った。お客さんだ、と思って「いらっしゃいませー」と声をかけた私だったが、入ってきた女性を見て、思わず息を吞んだ。

お店に現れたのは、丹羽のゼミの後輩、水橋なつめさんだった。

水橋さんは、今日は先日丹羽の家で見たような女の子らしい恰好ではなく、リクルートスーツを着ていた。

「こんにちは」

水橋さんはそう言って、私に向かって会釈をした。私は内心の動揺を隠しながらも、

「いまお冷やをお持ちします。空いてるお席へどうぞ」

と彼女を案内した。そのあと厨房へ入り、紺堂にそっと耳打ちして訊いた。

「丹羽さんとこのあいだ歩いていたのって、あの子ですか？」

紺堂はフライパンを拭いていた手を止めると、

「そうですね、あの子だったと思いますよ」

と言った。水橋さんがなかなかまどに現れた意図がわからず、私は眉根を寄せる。

お冷やを持って彼女の腰掛けたテーブル席へ向かい、グラスをテーブルに置いたとたん、彼女は私をじいっと見て話しかけてきた。

「あなたのお店、丹羽さんが『美味しい』って言ってたから来てみたの。丹羽さんに『私も一緒に連れて行って』っておねだりしても、なかなかそうしてくれないか

ら、一人で来ちゃった」

　おねだり、という言葉に含まれた甘さと図々しさに、私は一瞬固まってしまう。丹羽に「おねだり」するほどの仲なのか。二人の親密さを想像してしまって、胸が焦げつくようだった。

「先日は、私の父にはこういうネクタイが似合うんじゃないか、って提案までしてくれたのよ。それもこれも、いずれ私と……ね？」

　花びらのようなくちびるから繰り出された言葉に言うべきことを失っていると、彼女はさらに爆弾を投げつけてきた。

「今日ここに来たのはね、お祝いのためなの」

「お祝い？」

　思わず訊き返すと、水橋さんはうふふと可愛らしく笑って言った。

「私も、今日東京の会社に内定が出たの。だから丹羽さんを追いかけて、次の春から東京に行くの。同棲したいって、持ち掛けてみちゃおうかなあ、なんていまから考えてる」

　顔から血の気がだんだん引いていくのがわかった。彼女は、私が丹羽のことを好きで、さらには金沢から動けないのをわかっていて、それでもなお牽制（けんせい）をかけにきたのだ。

「フルーツパフェ、ください。アイスたっぷり載せてね」

彼女の注文を聞かないわけにはいかず、私は注文メモを厨房の紺堂に渡すと、青ざめた顔のまま、いつもの定位置についた。高瀬さんが、心配そうにちらちらこっちを見てくるが、他のお客さんがいるので私語もできない。

ななかまどのフルーツパフェは、季節のフルーツにカスタードプリン、バニラアイスにホイップクリームが盛り付けられていて、てっぺんには赤いサクランボが載っている。こんな寒い日に冷たいデザート、と思ったが、彼女は平気なようだ。

しずしずとパフェを運び、これ以上何か言われないうちに、とすぐ戻ろうとしたが、彼女の「ねえ」という声につかまってしまった。

「――あなたは、あのコックさんと結婚するんでしょう」

「は……？」

「丹羽さんから聞いたわ。丹羽さんはあなたのお父さん――ええと、このお店の店長さんになるのかしら？　から聞いたって言ってたわよ。『ななかまどの娘さんは、コックさんの婿を迎えて、お店を継ぐことになってる』って。それ、あなたの人生にたぶんすごく合ってるわよ。二人、とてもお似合いだわ。私と丹羽さんみたいにね！」

思わず、水橋さんに聞いていた。

「父が丹羽さんに、そう言ったんですか――？」

「私はそう聞いてるけど？　――ねえ、丹羽さん、私にあなたの話ばかりするのよ。洋食屋のあの子が、あの子が、って。だけど、あなたは金沢、私たちは東京。もう結果は見えてるじゃない。だから、お願いなの。これ以上丹羽さんにちょっかい出さないで」

最後に言い放った言葉は、静まり返った店内の空気のなか、ひどく鋭利に響いた。私はお辞儀をすると、店内から厨房を抜け、階段を上って二階の自室に来てしまった。

店内で彼女ともう顔を合わせていられない。

しゃがんで自分自身の体を抱きしめながら、涙をけんめいにこらえて怒りに震えていると、しばらくしてから、高瀬さんが二階までやってきた。

「――千夏さん、あの子帰りました。お店の前に、たーっぷり、塩撒いておきましたから。大丈夫ですか？」

先日からダメージを受けることが多すぎて、立っていられないくらい殴られたボクサーみたいな気分だったが、私はようやく気を取り直すと「ホールに戻ります」と言った。

戻ってみると、もう店内に彼女はいなかった。高瀬さんが撒いたという塩が、ドアの前のそこらじゅうに白い山をつくっていて、私は大きなため息をついた。

数日後、紺堂から「僕と千里浜行きませんか？　今度の定休日に」と提案された。ふいの誘いだったので、とまどって「どうしてですか？」と聞いてしまった。

「千夏さん、最近元気がないですから。こういうときは、海を見に行くと気分がすっきりしますよ。僕、お弁当つくりますし、よかったらドライブに行きましょう」

正直丹羽のことでやぶれかぶれの気持ちになっていたので、いつもだったらいなせた紺堂の誘いを、私は受けてしまった。

「じゃあ、行きます。気分転換になるかも」

そう言うと、紺堂は白い歯を見せて嬉しそうに笑った。

当日は金沢の晩秋には珍しく、雲の少ない晴天だった。ネルシャツにジーンズ、スニーカーといったラフな格好で、紺堂の車に乗り込んだ。車種はライトブルーのアクアだった。

地元民には「山環」と呼ばれている山側環状道路を走り、国道8号線に乗ると、そのあとは白尾インターから、のと里山海道に入った。紺堂は普段から運転に慣れているようで、すいすいと車は走った。

「紺堂さん、運転上手ですね。――私も一応一年のときに免許とりましたけど、スクーターしか乗らないですから、まだペーパーみたいなものですよ」

「今日は千夏さんを助手席に乗せているから、少し緊張してます僕」

言葉のわりに、紺堂は楽しそうだった。車のオーディオからは、知らない洋楽が流れている。オーディオにつないである音楽プレーヤーに、邦楽洋楽問わずアルバムをたくさん入れているのだと彼は言った。

単調な高速道路を走りながら、ぽつぽつと話をした。

「紺堂さんは、いつから洋食の道をめざそうと思ったんですか?」

私が聞くと、紺堂は少し考えていたが「そうですね」と話し始めた。

「小さなころに家で食べるものが和食ばかりだったから、たまに父が家族で洋食を食べに連れていってくれると、それがすごく嬉しかったんですよね。背の高いコック帽も憧れて、いつか絶対かぶりたいと思ってました。単純ですけど。でも、憧れって本当に形になるものなんですね」

私は考え考え言った。

「家族で食べた味って、いつまでも覚えていますよね。私も母が生きていたころ、母のつくってくれる肉じゃがが大好きだったんですけど、自分でいまつくろうとしてもなかなか同じ味にならなくて。記憶の中だから美化されているのかな」

「千夏さんにも思い出の味があるんですね」

紺堂はそうつぶやいて目を細めた。

「千夏さんはどんな子どもだったんですか？　僕、ちょっと知りたいです」

「そうですね、小さいころは活発で、男の子の中に入って、よくサッカーとか木登りとかしてました。一度木の上から落っこちちゃって、すりむいて血だらけになって母さんを青くさせたこともありましたっけ」

「それはすごい。元気な子だったんですね。僕は、子どものころから料理の本を眺めるのが好きで。レシピ本は山ほど家にあったから、かたっぱしから読んでいました。すごく小さいころ、料理の写真が載っていたページを食べちゃって、母に叱られたこともありましたね」

私は思わず噴き出してしまった。

「食べちゃうってなかなかないですよね。よっぽどそのページのお料理が美味しそうに見えたんでしょうねえ」

話し込んでいるうちに、千里浜へ入る今浜(いまはま)インターが近くなってきた。車は今浜インターで左手に折れる。すると目の前に海と浜が広がった。

「わあ、着きましたね。父と昔来て以来だな。どれくらいぶりだろう。意外と石川県に住んでいても、なかなか来れないんですよね」

そう言うと紺堂は笑った。

「さっそく、浜を走りましょう」

千里浜なぎさドライブウェイは羽咋市にあり、国内唯一の砂浜を車で走ることができる海岸だ。波打ち際のすぐ横を、ドライブできることで有名な観光スポットなのだ。

私たちの車のほかにも、何台もの車が海岸沿いを、砂を蹴散らして走っていた。また波打ち際に車を停めて海を見ている人たちがいた。

浜辺を実際に走ると、少しでこぼこしていて車体が揺れる。窓を開けると、十二月間近の冷たい風が吹き込んでくるが、それがとても気持ちいい。

今日は晴天に恵まれたので、太陽が海面にきらきらと反射して、とても綺麗だった。砂浜の先に浜茶屋が見えて、「活 しろ貝焼」という看板の字が目立った。

適当なところで車を停めて、砂浜に二人で降りてみた。少し寒いのでネルシャツの上にさらにモッズコートを羽織る。潮風と陽ざしのなか、たしかにここのところ丹羽のことでもやもやしていた気分が晴れていくのを感じた。

「海、綺麗ですねえ」

「千夏さんが喜んでくれてよかったです」

「うん、ありがとうございます、紺堂さん。今日連れて来てくれて」

遠い水平線を見ながら佇んでいると、紺堂が言った。

「向こうに石階段があるので、そこにレジャーシートを広げてお昼にしませんか」

「そうしましょうか」

二人で道路がわにある石階段のほうまで歩いていき、シートを広げた。確かに、浜に座るよりもこちらのほうがいい。

シートに腰を下ろすと、紺堂は車から持ってきたランチボックスと二人分の水筒を取り出し、水筒のフタに熱いお茶を注ぐと私に渡してくれた。

「寒いから、あったかいもの飲みましょう」

熱々のほうじ茶をすすると、人心地(ひとごこち)がついた。紺堂が開けたランチボックスを見て、私は「うわあ」と歓声を上げた。海苔を巻いたおむすびや、からあげにフライドポテト、マカロニサラダが丁寧に詰め合わされていた。

「美味しそう。朝からつくってくれたんですね」

「はい。おむすびはわかめとカリカリ梅の二種類あるので、両方食べてみてください」

二人でおむすびやからあげを頬張りながら、波打ち際に光が躍るのを眺めた。食べながらぼうっと海を見ていると、紺堂がふいに言った。

「千夏さん、――食べながらでかまわないので、聞いてください。千夏さんと働いて、二ヵ月あまりになります。父の友人である神谷さんが『なかなかどこに来ないか』という話を持ってきたとき、最初は、働けるのはいいけど、実際上手くなじめるのか不安でした。でも、ななかまどには千夏さんがいて、僕を温かく迎えてくれて、いろんなことを、教えてくださいました。そうして、神谷さんの話――『いつか千夏さんと結婚して、ななかまどを一緒にやってくれないか』という話を、現実的に考えるようになりはじめました。僕は、千夏さん、とても素敵な人だと思っています。千夏さんのななかまどを継ぐっていう夢を、僕が隣で一緒に叶えてあげられたらいいなって、思います。あなたが――僕は好きです」

真正面からの紺堂の告白を受けて、私はとまどい、おむすびから口を離すと迷いながら言った。

「――紺堂さん、ありがとうございます。でも、私、あまりにびっくりしちゃって、どう答えていいか」

「答えをすぐに出してほしい、とは思っていません。僕はこれからもななかまどで働きますし、千夏さんの気持ちが定まったときに、答えを教えてくれたら嬉しいです」

どこまでも誠実な紺堂の態度に、私は泣きそうな気分になった。紺堂の手をとれば、万事うまく収まって、私もいずれ紺堂が好きになって、母のように幸せな洋食屋の奥さんになれるのかもしれない。

「時間をください」

私は言った。

「来年の春までには、きちんと答えを出せるようにします」

丹羽のいなくなる春が来るまでに、自分のけじめをつけようと私は思った。

「ありがとうございます。いいお返事を待っていますね」

と紺堂は優しい顔をしてくれた。

「千里浜レストハウス」という売店とレストランが一緒になった施設の前に、イカ団子の屋台が出ていたので熱々のを買って二人でほおばった。そのあと売店のほうへ入ると、お菓子や海産物を見た。羽咋市はＵＦＯの町として有名だから、ＵＦＯをモチーフにした土産菓子やグッズが陳列(ちんれつ)されている。はまなすソフトクリームや、奥能登(おくのと)の大谷(おおたに)塩や加賀百万石醤油を使ったジェラートなど、アイス類が充実していて食べたかったけれど、季節柄体を冷やしそうなのであきらめた。また夏に来たい。

3

帰りの車のなかは、互いに無言になったが、それはむしろ心地良い無言だった。

少しずつ紺堂に心を許しはじめている私がいた。

十二月になり、北陸らしい曇天の日々が続くようになった。夜、接客をしている最中に、外から激しい雨音と雷鳴が響いてきて、首をすくめることもしばしばある。金沢の冬の到来を告げる、毎年特有の荒れた空模様だ。

　時計は八時半を回り、天気が悪いせいかお客さんも少ない。私は厨房で皿洗いをしながら、明日の仕込みの準備を始めた紺堂と、話をしていた。

　じゃがいもを倉庫からとってきた紺堂は、皮を剝き始めながら私に言った。

「そういえば、こないだ丹羽くんにＬＩＮＥしたら、いま修士論文で追い込まれてるって言っていました。僕は大学生をやったことがないからよく知らないけど、なかなか大変そうですね」

　丹羽が最近なかなかどに現れない理由を紺堂の言葉から察して、私ははっとした。てっきり、水橋さんともうラブラブで、私のことは忘れられているのじゃないかと疑心暗鬼になっていたところだった。

「私は卒論先週出しちゃったから、卒業研究発表会さえうまくいけば大丈夫そうだけど、丹羽さんはいまラストスパートなんでしょうね」

　話をしながらふっと心配になった。丹羽は、論文執筆やレジュメ作成に夢中になると、すぐに食事を摂ることが頭から抜ける。また飲まず食わずでやっているのでは、と気になった。そこでなかなかどに出前を注文してくれたらまだいいのだけど、丹羽の性格上、いつも電話をよこすのは論文が上がってからだ。

店を閉め、紺堂に帰ってもらったあと、私は自室に布団を敷きながら丹羽のことを想った。

脳裏をふっと、林田さんの言葉がよぎる。

(千夏ちゃんができることは、自分の思いを押しつけることじゃなくて、丹羽くんがどうやったら喜んでくれるかを、考えることだと思うよ)

「差し入れ」

ふっと言葉が口をついて出ていた。丹羽に食べるものを差し入れたらどうだろう。何か温かい食べ物を持って行ってあげたら喜ばれるんじゃないだろうか。思いついたら、それがいいような気がしてきた。明日はなかなかまどの定休日だから、厨房が使える。私は自分の思いつきにちょっと頬をゆるめると、寝巻に着替えて電気を消し、布団にもぐりこんだ。

翌朝なかなかまどの厨房で、私は腕組みをしながら、フライパンの中にどてっと伸びている「オムライスらしきもの」をにらんでいた。普段は父と交替で夕食の準備をする私だけど、実はオムライスをつくったことはなかった。丹羽の一番の好物だから、普段から練習しておけばよかったのだが、実際つくってみるとすごく難しかった。チキンライスはいまいち味が決まらないし、チキンライスを卵でくるもうとしても、卵が破れてひどく不格好だ。こんなの、丹羽に持っていけない。

　頭を抱えていると、ふいに厨房の裏口をとんとん、とノックする音が聞こえた。父にバレちゃったかな、と思いつつもドアを開けると、そこには紺堂が立っていた。

「すみません、千夏さん。昨日ロッカーにマフラー忘れちゃって」

　まずい、と思ったが止める間などなかった。厨房に入ってきた紺堂は、広げられた調理途中の厨房を見ると「あ」と言った。

「千夏さん、料理をされていたんですか？」

「あ、えっと、あの、その、これはですね？」

　しどろもどろになった私をけげんそうに見た紺堂は、コンロの上に載ったままのフライパンの中身を見ると「あ」ともう一度言った。

「もしかして、これ、丹羽くんに――？　修士論文の差し入れとか？」

　途端に真っ赤になってうつむいてしまった私を見て、紺堂は小さくため息をついた。

「気づきたくはなかったけど、それでもわかっていましたよ。千夏さんの気持ちがどこにあるかなんて」

なぜこうも私の気持ちは周りにバレてしまうのか。恥ずかしさと申し訳なさで声も出せなくなっている私に、紺堂はやれやれ、という調子で言った。

「仕方ないですね。それ、上手くいってないんですよね。今日は僕、ひまなんです。一緒につくり直しましょうか」

「え、いいんですか――？」

思いもかけない紺堂の申し出に、私は顔を上げた。

「千夏さんがもし僕と将来店をやるとしても、オムライスくらい上手につくってほしいですから」

普段よりちょっとぶっきらぼうに言う紺堂に、私は頭を下げた。

「お願いします。教えてください」

私がオムライスをつくる手順を、紺堂が隣で見守っている。

「鶏肉も玉ねぎも、もう少し細かく切ってください」

「はいっ」

「いいですか、チキンライスの味の決め手は、最後に落とすバターです」

「はいっ」

「ごめん、なさい」

「卵が半熟状になったら、一度ぬれ布巾の上にフライパンを置いて冷ましてください。チキンライスを真ん中に載せたら、ほら、こう──傾けて」

「おっと、──わぁ、できた」

皿の上には、さっきよりもずいぶんまともなオムライスが湯気を立てていた。私はそれをランチボックスに詰めてお弁当布で包むと、紺堂に何度もお礼を言った。

「本当に、ありがとうございます。このお礼はいつか」

「気にしなくていいですから。温かいうちに届けたらいいんじゃないですか」

そう言いつつも少し拗ねたような表情をしている紺堂に、申し訳ないという気持ちになりながら、私は準備を終えると厨房を出た。

冬の街をスクーターで走ると、北風が頰を切るようだ。街路樹はほとんど裸木になっている。丹羽と先々月見たいしかわ四高記念公園のアメリカ楓も、きっと葉を落としているだろう。

丹羽のアパートの駐輪場にスクーターを停め、緊張しながら外階段を上った。足が少し震えるのがわかった。唾をごくりと飲み、丹羽の部屋のドアをノックする。

しばらくして、ドアが内からがちゃりと開くと、丹羽が現れた。

「え、ちなっちゃん？　どうしたの」

丹羽の顔を見ただけで、胸がいっぱいになってしまう。少し丹羽の頬がこけた気がして心配になった。

「あのっ、私ね、丹羽さんがごはんちゃんと食べてないんじゃないかと気になって、差し入れ持ってきたの。よかったらどうぞ。ちなみに私が勝手につくってきたから、お代はいらないよ」

「ほんとに？　わざわざありがとう」

丹羽は目を輝かせてランチボックスを受け取ると、私に言った。

「外寒いでしょー。散らかってるけど、お礼にお茶くらい淹れるから上がってく？」

その言葉に、いま家に丹羽が一人だけだということがわかった。この間みたいに水橋さんがいたらどうしようかと思っていたが、とりあえずほっとして、玄関から靴をぬいで丹羽の部屋に上がった。

丹羽の部屋は、そこらじゅうに専門書と印刷用紙の束が散らばり、こたつの上にはノートパソコンが載っていて、修士論文の執筆のさなかだということがわかった。丹羽はこたつの上からパソコン以外の資料を片付けると「こたつ入って入って」と言った。

「なかなかなかなかまど行けなくてごめんねー、きりいいとこまでやったら、出前頼むか店に行くかしようと思ってたんだけど」

「丹羽さん、ちょっと痩せたよね？　ちゃんと食べなきゃダメだからね」

「うん、さっそく持ってきてくれたお弁当をいただこうかな？　ほんと嬉しい」

丹羽の屈託のない笑顔に、心が温かくなった。

「実はオムライスなんだ。つくり慣れてないから、下手なんだけど」

丹羽はお弁当布の結び目を解くと、ランチボックスのふたを開けて「うわ」と言った。

「ありがとう、すげえうまそう」

丹羽は二人分の熱い緑茶をミニキッチンで淹れてくれて、私は丹羽と向かい合って湯のみから緑茶を飲んだ。少し体が温まる。

ふっと水橋さんのことを思い出し、私は丹羽に訊いた。

「そういえば、彼女さん、一緒に東京に行ってくれるんだね、よかったね」

「彼女さん？」

きょとんとした丹羽を見て、私はあれ、と思った。

「この間水橋なつめさんがなかなかまどに来て、丹羽さんといい仲みたいに言っていたけど」

「俺、誰とも付き合っていないよ。修論と就活でそれどころじゃなかったし」

「でも、紺堂さんが、丹羽さんと水橋さんが街で歩いていたのを見たって」

「あれは父親の誕生日プレゼントを買うための買いものに付き合って、って頼まれたからそうしたまでで。あの子、ちょっと思い込み激しいっていうか、誤解をふりまくところがあるからなあ、俺もちょっと困ってる」

「そうだったんだ」

丹羽の言葉に、体の力が抜けた。誤解といえば、もう一つあったのを私は思い出した。

「あの、父が丹羽さんに、紺堂さんと私が結婚するみたいなことを言ったみたいだけど」

「うん、親父さん言ってたよ」

「それ、誤解だから」

「そうなの⁉」

丹羽は心底驚いたようだった。

「私はまだ二十二歳だし、結婚なんて早すぎるよ。それに……」

「それに？」

「ううん、なんでもない。とにかく、紺堂さんとはそんなのじゃないから」

勢いで「丹羽さんのことが好きだから」と言いそうになって、すんでのところで思いとどまった。告白をするとしても、時期とタイミングを見計らわないといけない。

「そっかあ、そうなのかあ。ちなっちゃんのことが可愛いって言ってた紺堂には悪いけど、ちょっとほっとした」

「え？」

「だって、ヤじゃん。仲良くしていたちなっちゃんが、他の男のものになっちゃうのって。まあ俺は金沢から離れちゃうから、そんなこと言う資格ないんだけどね」

その言葉をどうとらえればいいのか。でも、丹羽がそんな風に思ってくれていたなんて、私には嬉しい驚きだった。

少しぬるくなった緑茶をちびちび飲みながら、丹羽が一口一口オムライスを口に運ぶのをただ眺めていた。大学一年生のあの日、丹羽が私をかばって二人分のオムライスを食べているのを見ていたときと同じような、いや、もっとより熱い気持ちで。

「修論、もうめどがつくから、そしたらまたなかなかまど行くよ。楽しみにしてる」

「うん、私も。丹羽さんが来るのを待ってるね」

顔を見合わせて互いに笑顔になると、私は「そろそろおいとまするね。執筆の邪魔になったらいけないし」とこたつを出た。

丹羽はこたつの中から「ありがとう」と手を振ってくれた。

帰り道、スクーターに乗りながらほこほこ温かい気持ちに満たされていた。初雪になりそうなほどすごく寒い日のはずなのに、ちっとも気にならなかった。

四皿目　告白のミックスフライ

1

冬の朝は、足もとまで冷えこむ。分厚い靴下を履いていても、なお寒い。私はなかまどの厨房でお湯を沸かしていた。熱いアップルティーを淹れて飲もうと思ったのだ。

今日は紺堂が休みで、父が厨房に立つ。紺堂のおかげでときどき休みをとれるようになったせいか、父の腰は少しずつよくなってきた。

「おはようございまーす」

「高瀬さん、早いですね。おはようございます」

店の裏口のドアから、高瀬さんが顔をのぞかせた。この時間二人きりになれるのは珍しい。私はアップルティーを高瀬さんの分も用意すると「寒いでしょ。どうぞ」とマグカップを渡した。

「わあ、千夏さんありがとうございます。外、ちらちら雪降り始めましたよ」

「本当に？　まあ例年通りっちゃ例年通りですけどね。十二月ですものね」

私は高瀬さんに、前々から考えていたことを打ち明けることにした。

「ねえ、高瀬さん、相談に乗ってくれませんか？」

そうして私は、十一月に千里浜に行ったときに紺堂に告白されたこと、丹羽と水橋さんが付き合っていると思っていたのが誤解だったこと、自分も紺堂との結婚をいま考えていないと丹羽に伝えたことなどを話した。

「紺堂さんは、とてもいい人ですけど、やっぱり丹羽さんのことがどうしても好きで、そのことにけりがつかないと、ちゃんと紺堂さんにお返事してあげられないと思ってるんです」

高瀬さんはアップルティーをふうふう冷ましながら答えてくれた。

「前も言ったかもしれないですけど、やっぱり千夏さんから丹羽さんに好きって伝えるのがいいんじゃないでしょうか。昔なら女の子からの告白はダメってよく聞きましたけれど、自分がスッキリしたいだけの自分本位の告白じゃなくて、相手の事情や立場をよく考えた告白なら、男の人もされて嬉しいんじゃないかなあ」

高瀬さんの回答は、林田さんが先日してくれたアドバイスと似ていた。

「丹羽さんが千夏さんのこと、嫌いな感じは受けないし……むしろ大切にしてくれてるように私からは見えます」

「そうかー、ありがとうございます」

もうすぐクリスマスが来る。ななかまどの店内のオーナメントも、クリスマス仕様に模様替えしないとな、と私は思った。丹羽も、クリスマスまでにはななかまどに姿を見せるだろうか。そう考えると、心が淡く色づくようだった。

その晩、私は丹羽に想いを伝える手紙を書くことにした。口では上手く言えそうにないし、手紙ならあとから何回も読み返してくれると思ったのだ。ポストに投函するつもりはなく、手渡ししようと思っている。薄い桜色の便せんに、ペンで言葉をつづった。

『丹羽さんへ　千夏です、いつもななかまどに来てくれてありがとう。今日は、丹羽さんにどうしても伝えたいことがあって、ペンをとりました。

気づいているかもしれないけど、私は丹羽さんのことが好きです。丹羽さんは、いつのまにかお店の常連になってて、私が落ち込んだときにも、あ、お店に丹羽さん来てるかな、また出前頼んでくれるかな、って思うだけで、元気になれていました。

だから、丹羽さんの夢が叶って嬉しい。就職おめでとう。丹羽さんの未来を、心から応援しています。だから、この街からいなくなっても、私のことは覚えていてね』

ぽたりと、木目の机に涙が一粒こぼれた。丹羽の夢を邪魔するつもりなんて毛頭ない。でも、寂しいのは事実で、抑えようもない。私は目頭をハンカチでぬぐうと、涙が便せんに落ちなくてよかった、と思った。字がにじんでしまうから。

十二月中旬、丹羽が久しぶりになかなかまどに姿を見せた。

「修論、無事に提出できたよ、あのときは差し入れありがとう」

席にお冷やをもっていくと、そう言って笑ってくれる。その笑顔にほっとして、エプロンのポケットに入れてあった手紙を渡した。

「これ、私から。あとから読んでね」

「いまじゃダメ？」

「あとからじゃないとダメ」

「そっか。読むよ」

私の頬が少し赤いことに気付かれただろうか。とくに疑問に感じた様子もなく、丹羽は手紙を鞄にしまうと、ブレンドを頼んだ。

たわいない雑談をして、丹羽が帰っていったのを見て、私は大きく息をついた。だいぶ緊張した。

そのまま夕方になり、やがてとっぷりと日が落ちた。皿洗いをしていた夜八時、店の電話が鳴った。

「はい、ななかまどです」

「丹羽です」

私は思わず電話の受話器をにぎりしめた。

「ちなっちゃん、ちょっとお店が閉まるのに早いんだけど、出前来れる？　ごめん、すぐ話したいんだけど、呼び出すにはこの方法しかなくて」

「うん、行くよ。何がいいですか？」

「ミックスフライ定食でお願いします」

電話を切ると、厨房の父に「店長！　丹羽さんから、ミックスフライの出前！」と伝えた。父はわかったと頷いてくれた。

ななかまどのミックスフライは、エビ、ホタテ、白身魚の三種類の具材をからりと揚げた人気メニューで、タルタルソースとパセリ、くし切りレモンが添えられている。父の腕ならすぐ揚がることはわかっているのに、それでも出来上がるまでの時間が、ひどく待ち遠しかった。

外に出ると、雪はもうやんでいた。降り始めなので、道路にも雪はない。私はスクーターを飛ばして丹羽のアパートを目指した。気持ちがはやるのを止められない。

アパートの外階段をのぼり、丹羽の部屋のドアをノックする。がちゃりとドアが開き、丹羽が顔を見せた。彼の目尻に、笑うとくしゃっとしわができて、その笑顔にほっとしながら玄関で靴をぬいだ。

「ごめん、外寒いのに呼びつけちゃって。やっぱり俺が後日、なかなかまど行けばよかったね」

「ううん、大丈夫。すぐ話せて嬉しいから」

揚げたてのミックスフライ定食を丹羽に渡し、お代を受け取ったあと、丹羽が部屋に上がるように言った。

「まだ業務時間中なのはわかってるんだけど、ちょっとだけ」

「大丈夫。お客さん今日少ないし、父がレジやってくれるって言ってたから」

「そっか、よかった」

丹羽と向かいあうようにしてこたつに正座して座った。丹羽は私を見つめると言った。

「――手紙、読んだ。嬉しかったよ、ありがとう。ちなっちゃんの気持ち、本当はうすうす気づいてた。俺のほうこそ、ちなっちゃんのこと、いいなと思うことい っぱいあったよ。でも金沢を離れる俺からは言えないと思ってた。――いつから、俺が気になっていたの？」

「丹羽さんは覚えてないかもしれないけど、大学一年のときに、私がお客さんの注文と違うものを出しちゃったときがあって。そのときに丹羽さんが私をかばって、二人分のオムライス食べてくれたよね。あのときから」

「覚えてるよ。ひどい客だったな。そっか、あのときからなのか」

「ずっと、言えなくて。丹羽さんが遠くに行ってしまうの、わかっていたから。私ね、母を亡くしたときに、なんでもっと大好きって言っておかなかったんだろう、ってものすごく後悔したの。だから、丹羽さんには迷惑かもしれないけど、丹羽さんが金沢にいるうちに気持ちを伝えたいって思って――」

「迷惑とかじゃ、ぜんぜんないから！」

丹羽が私の言葉を遮（さえぎ）って強く言った。

「――ありがとう、ちなっちゃん。俺、なんていったらいいかわからないけど、嬉しいよ。ななかまどで食事をすると、いつだってあったかい気分になれた。うちは両親が忙しくて、手料理なんてほとんど出てこなかったから、ちなっちゃんの親父さんがつくる洋食食べるたび、あ、みんなが言ってる実家のご飯ってこんな感じなのかな、って思ってた。そんなななかまどで、いつもがんばってるちなっちゃんの姿、見てるといつもまぶしかった。――俺もね、ななかまどを大事に思ってる、ちなっちゃんがね、好きだよ」

丹羽は少し赤くなってそっぽを向いた。

「ちなっちゃんのこと可愛いって思ってたけど、口に出すつもりなかった。俺はこの先いなくなるし、ちなっちゃんが俺の重荷になりたくないように、俺もちなっちゃんの夢の邪魔をしたくなかった。だけど、今日、ちなっちゃんの言葉、聞けてよかった」

丹羽の言葉に、胸が熱くなる。私は思い切って言った。

「丹羽さん、丹羽さんがいなくなる春までていいから、私、丹羽さんの彼女になりたい。そのあとは振ってくれていいから――」

私の言葉を聞くなり丹羽が言った。

「振っていいだなんて、そんなこと言うなよ。春まで、まだ少し時間があるから、それまでに二人でどうするか決めよう。とりあえず、こちらこそ付き合ってください」

「はい」

思いがけない丹羽の言葉に、心がじんわりと温もりで満たされる。丹羽は私を優しい目で見ると、

「また、LINEする。今日はもうこっちは大丈夫だから。親父さんも待ってるだろうし帰ってあげて」

と言ってくれた。こたつを出て、玄関で靴を履き終えて「じゃあね」と言おうとした瞬間、背後から軽く抱きしめられた。息が止まりそうになる。

「遅いから、気を付けて」

「ん、ありがと」

言葉の響きが甘くなるのが少し照れくさい。ドアを開けると、冬の外気がじかに吹き込んでくる。手を振って丹羽と別れると、私は外階段を下りてスクーターにまたがりエンジンを入れた。

2

十二月半ばを過ぎて、クリスマスソングが街中のあちらこちらで聞こえてくるようになった。毎年恒例の香林坊(こうりんぼう)地区の、街路樹が光で輝くクリスマスイルミネーションを見に行きたいなと思いつつ、お店が忙しいので叶わないでいた。

大学での用事を終えて、なかなかまどに戻ると、紺堂がクリスマスケーキの試作をしていた。高瀬さんも手伝っていたようだ。紺堂は爽やかな笑顔を見せると言った。

「千夏さん、なかなかまどのクリスマスケーキですが、いちごとホイップクリームのオーソドックスなスポンジケーキと、チョコレートでコーティングしたブッシュドノエルと、両方用意しようと思っています。さっきから高瀬さんに味見してもらってたんですよ」

「そうなんですか、美味しそうですね」

厨房の調理台の上には、紺堂が説明した通りの二種類のケーキが置かれていた。真っ白なクリームが塗られたホールケーキには赤いいちごが並び、配色のコントラストが冴えている。木の幹型のブッシュドノエルは、チョコレートクリームで年輪までもが上手に描かれていた。

「一案でしかないのですが、ブッシュドノエルに、金沢らしく金箔を散らすのはいかがでしょうか。ちょっとお値段張ってしまいますが」

「ああ、たしかにそれだと金沢っぽいし、クリスマスらしく見えるかもしれないですね。ちょっと店長に私から相談してみます」

高瀬さんがにこにこしながらケーキを切り分け、皿に載せて渡してくれた。

「紺堂さんのケーキ、すごく美味しいんで、ぜひ千夏さんも食べてみてください。――じゃあ、私は今日はそろそろ上がりますね。隼太のクリスマスプレゼント、買っておかなきゃならないんで」

高瀬さんがそう言って、エプロンを外してロッカールームに消えたので、厨房は紺堂と私の二人だけになった。

丹羽と付き合い始めたことは、まだ誰にも話していなかった。でも、自分に誠実に告白してくれた紺堂のことを思うと、まっすぐに顔を見ることができない。ケーキを口に運びながら、ちょっと緊張してぎくしゃくしてしまい、普段通りにできない。

微妙な空気を、紺堂も感じ取ったようだった。

「千夏さん？」

「……は、はい？」

「お味、どうですか？」

「え、っと。甘さ控えめで、とっても美味しいです」

「ならいいですけど」

いったんはそう引き下がった紺堂だったが、私の態度がどこかいつもと違うことに気付いたのか、静かな声で訊いてきた。

「千夏さん。――丹羽くんと何か、ありましたか？」

「え、えええっと」

「わかりやすすぎるんですよ、千夏さんは。すぐ顔に出るし」

そう言って紺堂は大きくため息をついた。

「千夏さんはクリスマス、僕と過ごしてもらうことになりますからね」

紺堂の言葉に、私はケーキを喉につまらせそうになった。

「それ、どういう」

「お店のかきいれどきに、千夏さんだけデートでいないなんてこと、ありえないですからね。イブイブ、イブ、クリスマス当日と、三日間はしっかりウェイトレスの仕事やってもらいますよ」

「なんだか紺堂さんのほうが雇い主みたいですよ」

私がぶつぶつ言うと、

「浮かれてる千夏さんがいけないんです」

と紺堂がすかさず返した。仕方ないので私は気を取り直して、それぞれのケーキをもう一度口に運んだ。

「クリーム、両方ともかなり甘さ控えめにしてあるけど、私はもう少し甘くてもいいかなと思います。どうですか？」

「最近は甘すぎないケーキが流行りなので、抑えてみましたが、たしかにお好みでもう少し甘くてもいいかもしれませんね。──千夏さんに喜んでもらえるケーキを研究してみます」

そのあと父も厨房に下りてきて、三人でクリスマスケーキの準備について話し合った。たぶん慌ただしいだろうクリスマスの勤務について私は思いを馳せて、丹羽に「クリスマスはお店が忙しくて会えない」とLINEしておかなくちゃな、と考えた。

クリスマスはたしかに二十三日のイブイブも、二十四日のイブもとんでもなくお店が忙しかった。ひっきりなしに訪れるカップルや家族連れの対応で、慌ただしく立ち働いた。クリスマスに丹羽と会えないことがただ寂しかったけど、そんなことを考えていられないくらいに、目の回りそうな日々だった。

そして十二月二十五日の夜、九時になりやっとお客さんが全員いなくなった。やれやれと思わずへたりこみそうになっていると、紺堂が「千夏さん」と私を呼んだ。

「なんですか？」と返事をすると、紺堂はにこにこしながら言った。

「僕からクリスマスプレゼントです」

そう言うと、私に小さな金色の小箱を渡してきた。赤いリボンがかかっている。

「開けてみてください」

言われるがままにリボンを解いて、箱を開けた私は目をみはった。

「わぁ、綺麗」

小さな箱のなかに、色とりどりの宝石と見まごうばかりに飾り立てられたフルーツタルトが一つ入っていて、小ぶりなひいらぎの葉が載っていた。

「クリスマスミニタルトです。千夏さんのためにこっそりつくっておきました」

「あんなに忙しかったのにいつの間に？——ありがとうございます」

紺堂の想いを嬉しく思い、私はお礼を言った。

「そのまま、食べちゃっていいですよ」

紺堂にうながされるまま、もったいないけどタルトを割って口に入れた。フルーツのみずみずしさと甘いクリーム、土台のタルト生地の味がいっぺんに広がる。とても美味しい。

食べ終えると、紺堂が私の顔を見て笑った。

「千夏さん、口の端にクリームがついています」

大きな手が伸びてきて、私の口の横を指でぬぐわれた。私も照れ笑いした。

その瞬間のことだった。ななかまどのドアが開いた。——ドアに鍵をかけてなかったのだ、と思い立ち、はっとしてそちらを見ると、丹羽が呆然とした顔で立っていた。

「ごめん、邪魔した」

丹羽はそう言うとすぐ背中を向けた。丹羽が立ち去ろうとしているのを見て、私は思わず「違うの！」と叫んで丹羽を追いかけようとした。だが、紺堂に強く片手を摑まれた。

「行かないでください、千夏さん」

紺堂の声に胸が痛んだが、私は語気を強めた。

「放してください！」

紺堂がはっとしたように手を放したので、私は勢いよくななかまどのドアを開けた。普段より人通りの多い町に遠ざかる丹羽の背中を見つけると、人波を押しのけるようにして走り出した。彼に追いついたとき、私は冬の夜のなか息が切れていた。

「ごめん、丹羽さん、違う、違うから――」

体を折り、両手を膝に置いて、ひたすら息を切らした。

丹羽はため息をついて言った。

「ふいうちに訪ねて、びっくりさせたかったんだ」

「ごめん、あれはただ、私の口が汚れてたのを――」

「わかってる、見りゃわかるよ。ちなっちゃんにその気がないことも。でも、向こうは違うから、さ。あまり隙見せないでよ」

ぽん、と丹羽は私の頭に片手を置いた。

「はい、俺からも」

丹羽は手に持っていた袋からごそごそとストールを取り出すと、私の後ろ髪から肩へとふわっとかけてくれた。温かさに首回りが包まれ、嬉しさと申し訳なさに言葉が出ない。

「――ありがとう」

「さて、どうすっかなー」

と丹羽が言った。

「正直、紺堂のところへいま帰すの、ヤだな俺。紺堂は紺堂で、頭に血、上ってそうだしなあ」

「――明日は、ななかまどお休みだけど」

私がそう言うと、丹羽はうつむいて片手で顔を覆い、「あんまり焚きつけないでね」と言った。

「風邪ひくといけないし、とりあえず俺のアパート行こうか」

丹羽は私の手をとった。かさかさしてぬくい手のひらだった。空には月がなかったが、かわりに一面の星空が広がっていた。

丹羽のアパートに向かう途中、紺堂から何件も着信が入ったが「落ち着いたら帰ります」とLINEを返して電源を切った。


夜道を二十分ほど歩いて丹羽のアパートの部屋に入ると、丹羽は室内の明かりをつけた。私にこたつに入るように、いつものようにうながす。

このあとの展開を想像して少し緊張している私に、丹羽はゆっくりとした口調で話しかけてきてくれた。

「ちなっちゃんのお店――ななかまどは、親父さんとちなっちゃん、結構仲がいいよね。ちなっちゃんには反抗期とかなかったの？　最初からお店を継ごうと思っていたの？」

私は考えながら答える。

「反抗期はそれなりにあったかな。父さんは、結構がみがみすぐ怒るタイプだったから、根があったかい人だって気づくまでに時間がかかっていたな。なかなかまどは子どものときから、お客さんが可愛がってくれて大好きな場所だったの。だからいつかこの店を継いで、お客さんの笑いの絶えないお店にしようって思っていて。母さんは私がなかなかまどを継ぎたいって言ったとき『女の子なんだから』って反対したけど、押し切ったんだ。母さんが肺炎で亡くなる直前に『千夏がいるから、この店は安泰ね』って言ってくれたとき、すごく嬉しかった」

「そうなんだ、いい話だね」

と丹羽は目元をなごませた。

「丹羽さんのご家族は、どんな感じ？」

「うちか、うちは――」

丹羽が言葉を切って考え込んだので、訊いちゃいけなかったかな、とちょっととまどった。

「うちは両親ともまだ健在だけど、ちなっちゃんの家ほど仲が良くなくて。子どものころからなんとか二人を笑わせて仲良くさせようと、そんなことばかり考えて、いつもふざけてた。父の転勤に伴っての転校も多かったから、周りに馴染むには、まず笑いをとらなきゃ！　って、そういうことばかり上手くなって。だから、ちなっちゃんは俺のことを好きだって言ってくれたけど、俺の何を見て、何を知って好きでいてくれるのかな、ってちょっと不安になってた。——ごめん、なんか情けないこと言って」

照れて誤魔化し笑いをしようとした丹羽の髪に、私はそっと触れた。そのまま、撫でる。

「——俺、女の子にいい子いい子されたの、はじめてなんだけど」

「子どものころの丹羽さんに、届いたらいいな、って。私が丹羽さんの何を知ってるか、って言ったら、知らない部分やわからない部分、多いと思うんだけど、それでも丹羽さんが、こんなに大好きだよ——この気持ちがどこからくるのかわからないんだけど、本当の気持ちだから」

「いつも気持ちにブレーキがかかるんだ。別れるとき、つらくなるから、だからなるべく好きになるのはよそう、って——でも、もうだめだ、ちなっちゃんのことが——」

丹羽はうるんだ目で私を見つめると「こっちおいで」と近くに来るよう呼んだ。

私が丹羽のそばに寄ると、そっと抱き寄せられてキスされた。温かい丹羽のくちびるが触れて、離れて、また触れた。心臓がうるさく鳴るのを感じながら、丹羽の服越しの体温がただぬくいな、と思っていた。そのうちにだんだんキスが深くなり、丹羽は私の肩に手を回した。その先の展開まで想像して、私は思わず目をつむる。少し体をこわばらせた私に、丹羽が耳元でささやいた。

「ごーめん」

おそるおそる目を開けると、彼の目元がほんのり赤くなっている。

「あんまりかっこ悪いことばっかり喋ってしまわないうちに、もう遅いしなながまどまで送るよ」

「かっこ悪くたっていいのに」

「男の子はかっこつけたいんですっ」

丹羽のアパートを出ると、小雪がちらついていた。丹羽は私の首にかかったプレゼントのストールを「寒くないように」と巻き直してくれた。

一人で帰れるよ、と言ったのに、夜道が暗いから、と丹羽はまたななかまどの近くまで送ってくれた。ななかまどの店内には明かりが灯っている。おそらく紺堂が待っているのだ。

丹羽と別れて、裏口から店のなかにそうっと入ると、紺堂が椅子からガタッと音をたてて立ち上がった。そこではじめて、私は自分が閉店作業もろくにせずに、丹羽を追いかけてしまったことに気がついた。

「千夏さん……おかえりなさい」

「ただいま。お店をちゃんと閉めずに、飛び出してしまって本当にごめんなさい」

私が深々と頭を下げると、紺堂は目を伏せた。

「正直、朝帰りを覚悟してたもので……ここまでは、まさか夜に一人で？」

「ううん、丹羽さんが送ってくれました」

「そうでしたか。——丹羽くんと、お付き合いを始めたんですね」

とまどいながら私が頷くと、紺堂は力が抜けたように椅子に座り直した。

紺堂がぼそりと何かをつぶやいたので、私は「え、いま何て？」と聞き返した。

紺堂は私を真正面から見据え、はっきりと告げた。

「——あきらめません、と言いました」

私ははっとした。

「紺堂さん……」

言葉をなくしていると紺堂が言った。

「丹羽くんと、いまは楽しいと思いますが、いずれつらい別れがやってきます。僕はずたずたになる千夏さんを見たくはない——でも、僕がそのとき、千夏さんをいつでも支える気でいることは、覚えていてください」

紺堂はコック帽を脱いで、ロッカールームへと入っていった。

「遅くまですみませんでした、帰ります」

と彼の声だけが聴こえ、そのあとゆっくりと裏口の閉まる音がした。

3

年の瀬に父と近江町市場に出掛けた。近江町市場は武蔵ケ辻にあって、海の幸や生鮮野菜などが一堂に売られており「金沢市民の台所」として親しまれている。とくに年末ともなると、みんなお正月用のあれこれを買いに来るから、いつもに増して活気であふれていた。

狭い小路にたくさんの店が軒を並べていて、売り子のおばちゃんや魚屋のお兄さんが市場を歩く客たちの足を止めさせようと、しきりに声をかけてくる。

「買い物する前に、食事でもするか。ちょっと贅沢して海鮮丼でも食べるか？」

父がそう言ったので、観光客になったみたいだな、と思いつつ、近江町市場二階の「近江町いちば館」という飲食店街にある海鮮丼を出すお店に入った。

店はそこそこ混んでいたが、運よく座れた。私も父も、海鮮丼を頼んだ。すぐに熱いお茶が出てきたので、体を温める。

「ふたりっきりの正月になって、だいぶ経つなあ。うちは正月に来るようなお客もいないし、寂しいっちゃ寂しいけど、仕方ねえなあ」

高瀬さんも自宅で母親と隼太くんとお正月をすると言っていたし、紺堂も福井の実家に帰省してしまった。丹羽も同じく東京の実家にいるはずだ。ななかまどは十二月二十九日から一月三日まで、年末年始休みということで閉めていた。

「父さんと二人のお正月もいいよ。紅白見て年が明けたら、きっと年賀状がたくさん来てるよ」

「そうかなあ。あ、千夏、海鮮丼来たぞ。食べようか」

運ばれてきた海鮮丼は、黒色の丸いどんぶりにあふれそうなほどお刺身が載っていた。ぶりに、いかに、鯛に、サーモン、ほたて、カニ、甘えびと、とにかく豪華だ。石川県に来たらこれを食べなくちゃ、と息巻く観光客の気持ちもわかるような気がした。

スマホのバイブ音が鳴ったので、私は確認する。丹羽からＬＩＮＥが来ていた。

『ちなっちゃん、年明け二日に俺金沢帰ってくるから、一緒に初詣(はつもうで)に行こうよ。いつもどこの神社行くの？』

『うちは金澤神社。うん、丹羽さんと初詣行きたい』

そう返すと、ふと思い立って父に聞いた。

「ねえ、一月二日に、友達と一緒に初詣行ってもいいかな」

丹羽と一緒に行くとは、父には言えなかった。

「おう。行ってこい」

父はそう言ってから、ふっと思い出したように言った。

「初詣といえば、陽子が若いころに着てた加賀友禅(かがゆうぜん)の振袖(ふりそで)、あれを着たらどうだ？」

「母さんが着てた着物なんて、あるんだ。知らなかった。え、でも振袖って結婚してない人しか着れないよね」

「陽子と結婚する前に、一緒に初詣に行ったときに着てきていたのを見たことがある。――って、俺らの話はどうでもいいじゃねえか」

母の思い出話に照れている父を微笑ましく思った。

「陽子が、千夏の成人式のときに着せたら、って言ってたのをいま思い出した。でもお前、結局成人式は風邪ひいて出られなかったしな」

「そうだったよね。母さんの着物、着れるなら着たいなあ」

「着付は美容室とかでしてもらえるんじゃないか。若者なんだから、ちょっとは綺麗なもの着とけ」

お刺身はどれも脂が乗って甘かった。醤油を回しかけてご飯と一緒に口に運ぶと、得も言われぬ味で、たまの贅沢を嬉しく思った。

食事を終えると、一階の市場で、冬野菜や、お正月用の寒ブリ、カニ、みかん、漬物、お餅などを買った。

「甘えびコロッケ、買ってやろうか」

父がそう言うので、近江町市場名物の甘えびコロッケも一つずつ買って、歩きながら食べた。えびの甘い味がほっくりしたじゃがいもと合い、いつものことながら美味しい。

お昼近くなってどんどん客が増えてきた市場で、人の波をかきわけるようにしながら、外へ出た。冬らしいぴりっとした空気を思いきり吸い込み、来年はいい年になるといいなと思った。

けれど年が明ければ、丹羽が東京に旅立つまであと三ヵ月となる。そのリミットは寂しいけれども、後悔のないように過ごしたい。

年明け二日、私は丹羽との待ち合わせの前に、父の知り合いの美容室で母の遺した加賀友禅の振袖を着付けてもらった。振袖はクリーム色の地に優しい色彩で花や枝葉が描かれている。帯は落ち着いた朱色地に細かく金糸を織り込み、華文（かもん）を刺繡(しゅう)してある艶(あで)やかなものだ。髪も結ってもらってかんざしを挿した。

お正月の街でバスを降りると、金沢らしくやはり晴れ着を着た人が何人も歩いていた。私は待ち合わせの金澤神社を目指した。

金沢市民に愛され、日本三名園にも数えられる兼六園(けんろくえん)。園内の梅林のすぐ隣に、金澤神社が鎮座(ちんざ)している。前田利家(まえだとしいえ)公とその妻、おまつ(まつ)の方を祀った尾山(おやま)神社ほどの大きさはないが、金澤神社は菅原道真(すがわらのみちざね)公を御祭神(ごさいしん)としており、合格祈願をするために受験生がよく訪れるのだった。

普段は静かな神社だが、今日はやはり正月二日なので、参拝する人が列になって本殿から並んでいた。人の列から少し離れたところで待っていたが、ほどなく丹羽が現れた。

「あけましておめでとう。お、振袖。お正月らしくていいね。綺麗だよ」

「あけましておめでとう。ありがとう、実は母の遺(のこ)した着物なの」

「本当に似合ってる。着物って、こうやって母から娘へと代々受け継がれて行くんだね。振袖のちなっちゃんはいつもと雰囲気が違っていて、まるで日本画の世界から出てきたみたい。見れて嬉しい」

丹羽らしい褒め言葉だな、と感じて頬がゆるんだ。

二人で一礼して神社の鳥居をくぐった。境内(けいだい)に入り、手水舎(ちょうずや)でひしゃくに水をすくって、順に両手を清めると、手のひらに水を受けて口をすすいだ。短い参道を通ってご拝殿へ続く列に並ぶ。小さい朱い鳥居がいくつも並ぶ神門をくぐって、境内に入ってくる参拝客もいた。

「この神社、はじめて来たけどいいところだね」

「私の両親が、昔ここで神前結婚式をしたんだ。それをきっかけにして、神谷家のお正月はいつもここで初詣をしてるの」

ほどなく参拝の順番が回って来たので、お賽銭を投げて二礼二拍手一礼し、お願いごとをした。

「ねえねえ、夢牛撫でていこう」

私がそう丹羽に言うと、丹羽はけげんな顔をした。

「夢牛？」

「こっち」

と私は丹羽を境内の一角に案内した。石でできた牛が丸く寝ている像の前に丹羽を連れて行くと、説明した。

「これは夢牛といって、撫でたら願いが叶うと言われているの。牛は天神様のおつかいだから。合格祈願の受験生にも人気なんだよ」

「へえ、面白い」

そう言って二人で石の牛を撫でる。ひんやりした触り心地がした。そのあとおみくじを引いて、二人とも吉が出た。丹羽とおそろいなのが嬉しい。普通のおみくじの隣には、英語のおみくじもあって、珍しかった。

鳥居をふたたび一礼してくぐり、境内の外に出ると私は指さした。

「すぐ隣が兼六園の梅林になっているんだ。春になったら、梅が見られる」

「春になったら、か」

と丹羽がつぶやいた。その流れで丹羽は私にたずねた。

「ちなっちゃんは、何をお願いした？」

「商売繁盛と、あと、丹羽さんにこの先いいことたくさんありますように、って」

二人でずっと一緒にいたい、とは言えなかったな、と思っていると丹羽が口を開いた。

「ちなっちゃん、俺、考えてた。だめもとで聞いてみるんだけど、大学を卒業したら東京に来る気はない？　――俺、ちなっちゃんのことをもっとそばで大切にしてあげたいけれど、今は時間がない。俺は春になったら東京で暮らし始めるし、その予定は変えられない。ちなっちゃんが一緒に来てくれたら、俺、嬉しいよ。ちょっと考えてみて」

思いもよらない丹羽の言葉に、驚いた。

「丹羽さん、私、小学生のときに一度家族で東京ディズニーランドに行ったきりで。そのあとはずっと行っていないから、東京がどんな街かもよくわかってなくて」

私はとまどいながら言葉を続けた。丹羽はたたみかけるように言った。

「ちなっちゃんがななかまどを大切に思ってることはわかってる。だから、簡単には決められないとは思うんだけど、俺、今月末に春から実家に戻る準備のためにまた帰京するんだ。とりあえず一緒にそのとき来て、東京見物して考えてみるのはどうかな」

気持ちが揺れるままに私は答えた。

「ななかまどを継ぐことは私の一番の夢だけど、私、丹羽さんとも本当は一緒にいたい。――だから、一度、東京に行ってみようかな。それから、自分の中で答えを決めようかと思う」

「うん。ありがとう。ちなっちゃんの親父さんは、俺、説得してみるよ。明日でよければ、ちなっちゃんの家に行く。それでいいかな」

丹羽の申し出に、心が熱くなった。私とのことを、真剣に考えてくれていることが言葉の端々から伝わってきた。

「丹羽さん、嬉しい。じゃあ、明日、父さんと待ってるね」

そう言うと、丹羽は笑って、私の手をとると言った。

「ちなっちゃん、今年もよろしくね」

翌日、自宅二階の仏間で私と父、そして丹羽が向かい合った。丹羽は黒いジャケットに白シャツと、少し改まった服装をしている。

「神谷さん、いつもお世話になっています。——神谷さんが、千夏さんと紺堂くんに、お店を継がせて、二人に結婚してもらいたいことは存じています。でも、この店の常連である僕も、千夏さんのことが好きになってしまいました。千夏さんと話をしたら、彼女も僕のことを好きだと言ってくださいました。ただ、僕は次の春から東京に戻ります。千夏さんは一度一緒に東京を見てみたいと言っています。なので、今度の帰京の折に、彼女を連れていきたいんです。お許しくださいますでしょうか」

父は苦虫をかみつぶした顔で、私に言った。

「なんで好きな男がいるって、言わねぇんだ。俺の一人相撲じゃねえか」

父はふーっとため息をつくと、厳しい顔つきで言った。

「丹羽ちゃんはこの街に来てからずっと通ってくれた常連だし、いい男だって、俺のほうでもよくわかってる。だからこそ、丹羽ちゃんには千夏がこの店を大事に思ってることも、わからないはずないだろう。だから、惚れてるくせにお前さんにすぐついていく、っていう判断をせず一度東京を見てから決める、っつってんだ、この娘は。——いいさ、決めるのは千夏だ。この店か、丹羽ちゃんか。俺は、千夏が決めたことなら、なんも言わねぇよ。ただ、千夏がこの店を選んで、直哉くんと添うことになったとしたら、お前さんは二度と、千夏の前に現れて、惑わさないでくれよ」

父が思いのほか理解があることに私は驚いた。同時に父の気持ちが伝わってきて、申し訳なくなる。

「それでは、道中、よろしく頼むからな」

「——わかりました。神谷さん、ありがとうございます」

丹羽は菓子折りを置いて、何度もお辞儀をしながら帰っていった。見送ったあと、父が言った。

「千夏、お前、丹羽ちゃんのことが、好きだったんか」

「うん、——結構前から。言えなくてごめん」

「そうか」

父はそうひと言だけ言うと、あとはとくに何もぐだぐだとごねなかった。思いのほか、話が簡単に済んだことに、ほっと胸をなでおろした私だった。

その晩、丹羽に自室から電話をした。

「父さん、あの話を聞いてがっくりすると思っていたんだけど、案外理解があってびっくりしちゃった。頑固な人だから、てっきりもっと揉めると思っていたのに」

私がそう言うと、丹羽はうーん、と唸った。

「内心を表に出さないだけじゃないかな。娘が遠くに行って寂しくない父親はたぶんいないよ。俺のことばっかりにならないで、親父さんのことも労わってあげてね」

「ありがとう」

丹羽が父のことを気にかけているのが伝わってきて、胸の内がほのかに温もった。

五皿目　東京デートの親子丼

1

　そしてあっという間に、丹羽との東京旅行の日である週末が近づいてきた。普段なかなかまどが忙しいから、めったに旅行など行けない私にとって、丹羽との一泊二日の東京旅行は楽しみすぎて眠りが毎晩浅くなるほどだった。

　旅行を前日に控えて、自然と気持ちが浮つくのを抑えられないでいた。夜十一時ごろ、ボストンバッグに着替えや化粧品などをつめこむと、二階のミニキッチンで父と自分の分のほうじ茶を淹れた。父と飲もうと、父の寝室である仏間への廊下を歩いて行く。

　声をかけようとしたとたん、ふすまを一枚隔て(へだ)て仏間の中から父の声が聞こえて足を止めた。

「陽子。千夏が金沢を離れるかもしれん。丹羽ちゃんの手前、決めるのは千夏だなんて言ったけど、俺ぁ本当は千夏にななかまどを、継いでもらいてぇんだ。俺とお前で、親父の店を改装して創業したななかまどを、つぶしたくない……だけど、千夏の幸せが一番だよな。添いたい奴と、添えるのが一番だもんなあ」

父はおそらく母の遺影に話しかけているのだ。結局仏間に入れず、私は淹れたほうじ茶をそのままミニキッチンに持って帰った。

「ごめんね、父さん」

直接言えないお詫びの言葉を、そっと口に出してみる。丹羽との旅行を控えて浮かれていた自分自身を、申し訳なく思った。

翌朝、丹羽と金沢駅で落ち合った。

北陸と東京を結ぶ新幹線「かがやき」に乗るのははじめてだ。

一月中旬の金沢駅構内で、厚いコートを着込みクリスマスに丹羽にもらったショールを巻いた私は、お土産処である金沢百番街「あんと」でどの駅弁を買うか迷っていた。

「やっぱり、笹寿しにしようかなあ」

笹寿しは、「芝寿し」というお弁当のお店の定番商品だ。緑の香り高い笹で紅鮭や小鯛の押し寿司をくるんである。笹の香りが酢飯に移ってとても美味しく、小さいころからよく食べていた。

丹羽は別のお店で、焼き鯖寿司を買っていた。そのあと温かいお茶や新幹線内で食べたいお菓子などを買い込むと、私と丹羽は改札を通ってホームで待機した。

「昨日よく眠れた？」

丹羽が笑ってそう訊いてきたので、私も微笑む。

「ちょっと緊張して、よく寝れなかったよ」

「新幹線の中はホームと違って暖かいから、少し寝たらいいよ」

話しているうちに、「かがやき」がホームにすべりこんできた。ドアが開いたので、前の人に連なって乗り込む。丹羽は景色がよく見えるようにと窓側の席を譲ってくれた。

北風が吹きこんできて寒かったホームから、暖房のきいた車内に入ると、一気に体から力が抜けた。

やがて、きらびやかな発車メロディーが鳴り響くと車体が動き出した。買っておいた温かいお茶を一口飲むと、人心地がつく。

「丹羽さん、私やっぱり眠ってしまうかも」

「大丈夫だよ、着いたら起こすから」

丹羽に寝顔を見られるのは恥ずかしいな、と思いつつもそっと目を閉じた。ガタン、トトン、と揺れる車内の振動が心地よく、私は後ろに人がいないのを確認してリクライニング席を倒す。丹羽は鞄から文庫本を取り出すと、ページをめくり始めた。

「それ、何の本？」

「泉鏡花の『高野聖』だよ。旅する修行僧が、飛騨山中で、怪しい美女と出会うんだ。僧は美女に魅せられて、一緒にいたいと思うんだけど、実はその女は魔物で旅人を動物に変えてしまうの。そんなあらすじの近代日本文学で、ちょっとホラーも入ってるかも。面白いよ」

「泉鏡花って、金沢出身の作家だよね。記念館も金沢にあったよね」

「俺は何度か行ってるけど、今度ちなっちゃんと一緒に行きたいな」

「うん、行きたいね」

そう返事をしながら、私は一つあくびをするとうつらうつらと眠りの世界に落ちていった。

眠る前に見た窓の景色は緑ばかりだったのに、ふっと目が覚めて見た窓の外はたくさんの建物で埋め尽くされていた。都会に来たのだとわかった。

「いま、どこ？」

「大宮にもうすぐ着くよ」

口に手を当てて小さくあくびをすると、丹羽が笑う。

「よく寝てたね。東京駅まで、あとちょっとだから」

「うん、あ、笹寿し食べる時間あるかな」

「あるある」

　お昼を軽くすますと、私は軽く伸びをしてお茶を飲んだ。そのまま、丹羽の隣でたわいない話をしているうちに、東京駅が近づいてきたので食べたゴミなどを片付けて降りる準備をした。

　東京駅に降り立つと、人混みのすごさに圧倒された。金沢も最近観光客が多くて、街中や金沢駅は混み合うけれど、その比ではない。そしてみんな早足で目的地に向かってどんどん歩いていく。

「こっち。俺についてきて。はぐれないようにね」

　丹羽の後ろについて、出口へ向かうエスカレーターに乗った。エスカレーターがとてつもなく長いのにも驚く。

「えーと、俺は今夜実家に顔出す予定だけど、日中はちなっちゃんと一日観光しようと思って。浅草とスカイツリーを考えてるんだけど、どうかな？　見終わるころにチェックインできる時間になるからホテルに行こう」

東京駅構内にはたくさんの駅弁や土産菓子を売る店が出て、とてもにぎわっている。

「まずスカイツリーに行こうと思ってるんだ。東京メトロに乗って向かうよ」

丹羽が路線図も見ずにルートと乗り継ぎ駅をすらすらと言った。あらかじめ調べてきたようだった。

「東京メトロって」

「要するに地下鉄のこと。こっちだよ」

丹羽にしっかりとついていかないと、この人混みのなかでは本当にはぐれてしまいそうだ。そう思っていると、丹羽が私にさっと手を差し出してきた。

「手、つないで。迷子にならないようにね」

私はボストンバッグを持ち直し、丹羽の手をにぎってあとについていった。

切符売り場で切符を買うと、階段を下りて地下鉄構内に入る。あっという間に地下鉄の車両が轟音（ごうおん）を立ててホームにすべりこんできたので、開いたドアから乗り込んだ。ものめずらしくてきょろきょろしていると、丹羽が言う。

「実は、俺もスカイツリーははじめてで。すごく並ぶって聞いてたから、あらかじめ予約チケットとっておいたんだ」

「いろいろ準備してくれたんだね。ありがとう」

「今日はいい天気だから、きっと遠くまで東京の街が見渡せると思う」

吊革につかまって地下鉄の振動に体を揺らされながら、そっと周りを観察してみた。今日は世間は休日だからか、私服を着た中学生くらいの女の子たちがきゃっきゃと騒いでいる。そのほかにも、ばっちりメイクをした結婚式帰りのような女性たち、土曜日にもかかわらずスーツを来て仕事鞄を持った男の人などで、座席は埋まっていた。

乗り継ぎも合わせて十五分あまりで、もうスカイツリー近くの押上駅に着いたので、私は驚いた。

「もう着くんだ、早いね」

「さて、どのくらい並ぶかなー」

駅に降りると改札を抜けて、丹羽に案内されるがままスカイツリー直下の「東京ソラマチ」という大型商業施設に入った。インフォメーションで丹羽が聞いたところによると、まずは四階のチケットカウンターに行けばよいらしかった。

ソラマチの中には面白そうなお店がたくさん並んでいて、お上りさんみたいで恥ずかしいと思いつつも、あれこれ視線を動かしてしまう。「あとで見ようか」と丹羽が笑って言ってくれたので「うん」と頷いた。

四階のチケットカウンターはおそろしく混んでいたけど、予約列に並ぶと思いのほか早くチケットの交換ができた。未予約列に並ぶ人の列がどこまでも続いていて、これは大変だと思った。

「展望デッキと展望回廊のセットのチケットを買ってあるから、両方見られるよ」

丹羽がそうささやいた。ほどなくしてスタッフからの案内のもと、フロア350と名のつく展望デッキまでのエレベーターに乗ることができた。四階から展望デッキまでのエレベーターは四台あり、内装がそれぞれ春・夏・秋・冬をテーマに異なっているそうだ。私たちが乗り込んだエレベーターは「夏」で、江戸切子を使い、隅田川の空に打ち上げられた花火が表現されていると説明があった。華やかな切子の赤や青に見とれていると、エレベーター内が暗くなり、切子がきらきらと光って浮かび上がった。その美しさに息を呑んでしまう。

約五十秒で展望デッキに到達すると、私は三百六十度見渡せる窓に駆け寄った。

「すごい」

その言葉しか言えないほど、広がる晴天のもと、眼下に東京のビルやマンション、道路を走る車がまるでおもちゃのように小さく並んでいた。

「あっちに小さく、東京タワーが見えるね。今日は晴れているけど、富士山までは無理みたいだね」

丹羽の指さしたもと、小さいタワーが遠くに見えた。壮観としか言いようのない景色に言葉をなくしながら、東京という街のスケールの大きさに、少し怖れをなした。

「こんな大きい街で、私やっていけるかな」

つぶやいた私の言葉を聞いて、丹羽が言う。

「金沢もいいとこだけど、やっぱり規模が少し違うからね。東京の良さも、ちなっちゃんがわかってくれたら嬉しいな」

そのあとまたエレベーターに乗り、展望回廊まで一気に上った。展望回廊はぐるりと坂道になっていて、さらに高いフロア445からフロア450まで続く。最高到達点のソラカラポイントは地上451・2mと書いてあった。

「高いところ、平気？」

丹羽が聞いたので私は笑った。

「じつは、好きなんだ」

「それはよかった。俺のほうが高さにちょっとびびってるかも」

東京ソラマチでいくつかお土産を買って、押上駅にまた辿り着くと、今度は浅草に行こうと丹羽が言った。

「スカイツリーはすごく都会的だけど、浅草は下町で、また雰囲気が違う。俺の大好きな街。だからちなっちゃんと一緒に行きたかったんだ」

今度は二駅で浅草駅に着いた。出口から地上に出て辺りを見回し、私は思わず「わぁ」と声を上げた。さっきまでいたスカイツリーが、ビルの向こうに青空を背景にしてそびえ立っている。とても良い眺めだった。

丹羽に案内されて、浅草寺に行くことになった。浅草寺の入口にあたる雷門には、テレビでも見たことのある赤い大提灯が釣り下がっていて、その大きさに驚いた。スマホを向けて写真を撮ってから、今度は仲見世通りに入った。左右に立ち並ぶお店の数に圧倒される。雷おこしや人形焼、きびだんごといった食べ物が美味しそうだと思っていると、丹羽がふらふらと土産物のお店に入っていくので、あとを追う。

「ほら、浮世絵グッズ」

丹羽が入っていった店には、たしかに扇子やポストカード、シールなどに浮世絵があしらわれている。

「浅草のこの年中お祭りみたいなところが、俺好きなんだよね」

境内にはもうもうと白い煙の立っている大きな壺のようなものがあったので、丹羽に聞いてみた。

「これ、なんだっけ」

「ああ、これは常香炉といって、この煙を体の悪いところにかけると、そこが治るんだって。線香はたしか販売所で買えたから、やってみる？」

丹羽にうながされるまま、線香を買って香炉の中にいれ、煙を浴びてみた。そのあと手水舎で手と口を清めて、本堂に参拝した。

人形焼とあげまんじゅうを買って食べ、浅草の街も歩き回ってみることにした。浅草寺の近くの路地は飲み屋街が続いていて、雨よけのビニールがかかったテントの中で昼間からお酒を飲んでいる人がたくさんいて驚く。ざわざわした人混みもここでは気にならず、情緒のある下町をめいっぱい楽しんだ。


そのまま丹羽の実家がある国分寺（こくぶんじ）まで電車を乗り継いで移動した。

丹羽は私を今夜泊まるホテルまで送り届けてくれると、

「ごめん、今夜も一緒にいたかったけど、実家でちょっと帰京の準備があって。両親とも話がしたいんだ。明日の朝、また迎えにくるからね」

と申し訳なさそうに言った。

「そっか、丹羽さん今夜いないんだ」

私がちょっと残念そうに言うと、丹羽は両手を合わせて、

「一緒にお泊りしたかったけど、ごめんね」

と言った。謝る丹羽のポーズが可愛くて「いいよ、大丈夫」と私も笑った。

「ちなっちゃんの親父さんに『道中よろしく』って言われた手前もあるし、いちごショートのいちごは最後までとっとくタイプなんだ、俺」

と丹羽がいたずらっぽく言った。

丹羽の姿が、都会の雑踏(ざっとう)の中に消えるまで見送ったあと、ホテルにチェックインした。

渡された部屋の鍵は十階のもので、エレベーターに乗ると、前面がガラス張りだったので、夕闇に沈む街が眼下に見渡せた。

シングルの部屋に入ると、中はしんと落ち着いていて、私は靴をぬぐとベッドに腰掛けた。

今日一日は楽しかった。東京の人の多さには驚いたけど、想像していたほど怖い街でもなかったように思えた。

テレビをつけてみたけど、一人の部屋では妙にそらぞらしく響いて、すぐに消してしまった。とりあえず持参した部屋着に着替えると、私はベッドにもぐりこんだ。一日歩き回って足が疲れている。そのまま目を閉じると、私はすうっと眠りに落ちた。

目覚めると、夜七時を回っていた。たしかフロントの横に和食レストランがあったはず、と思い、また外出用の恰好に着替えて一階へ下りた。一人で飲食店に入ることが普段はないので、少し緊張する。

　店の奥の二人掛けの席に案内されて、メニューを広げた。少し悩んだけれど、ヒレカツ定食を頼んだ。出てきた熱いお茶を飲むと、ほっと一息つくことができた。

　見知らぬ街で、一人で夕食を待っていると、急に郷愁が襲ってきた。ここには父も高瀬さんもいない。誰かと普段おしゃべりしてやりすごしている孤独が、急にぽっかりと形をとって現れて、私はとまどった。

　ほどなくしてヒレカツ定食が運ばれてきたので、私は気を取り直して割箸を割ると、食べ始めた。揚げたてのカツはさくさくしていて、脂が甘かった。なかなかまでもチキンカツやヒレカツを出しているので、つい比較してしまう。この和食レストランのカツはなかなかまどのカツよりも小ぶりで衣も薄かったけど、揚げ方が上手いのか、肉がいいのか、食べたとき油っぽく感じないうえに満足感がある。なかなかまどでも揚げ油や仕入れる肉を見直してみようかな、と思った。小鉢についてきた白菜漬けと一緒にごはんを食べると、味噌汁をすすった。

　会計をすませ、ふたたび上階の自分の部屋に戻った。意外と手持無沙汰になってしまい、やることがない。仕方ないので、早めにシャワーをすませて、ドライヤーで髪をかわかし、またベッドに入った。

この部屋に、丹羽が一緒に泊まってくれたらよかったのに、そう思いながら、少し頬を熱くした。

初恋は小学生のときだったけど、中学時代はテニス部に燃えていて彼氏なんかつくれなかったし、高校二年生のときにクラスメイトと短期間付き合ってキスは経験したけれど、そのあとはまったくもってはじめてだった。大学一年生のときに丹羽に片想いしはじめて、その間は誰とも付き合っていなかったから、キスのあとの流れがさっぱりわからなかった。丹羽が言った「いちごショートのいちごは最後までとっとく」の意味が、想像つかないわけではなかったけれど、期待と同時に不安もある。泊まってくれたら、と思いつつも、まだ、自分のその方面への心の準備はぜんぜんできていないのかもな、と思った。でも、丹羽が望むのなら――。

たぶん大切にされているんだろうな、と心の中ではそう感じている。丹羽のことを思い出すたび、胸がきゅっとすぼまる感覚があった。丹羽はいまごろ何をしているだろう、そう思っていると、ふいにスマホが鳴って飛び上がった。――丹羽からだった。

「――はい、千夏です」

「あ、ちなっちゃん。ゆっくりできてる？」

丹羽ののんびりとした口調に心がなごむ。

「うん。大丈夫、くつろいでるよ。丹羽さんは無事おうちに着いた？」

「着いてるよ。俺の部屋が物置みたいになってるから、大変。簡単に片づけはじめたけど、なかなか難儀しそうだな」

私がくすくす笑っていると、丹羽が訊いてきた。

「今日、楽しかった？　結構人混み連れ回しちゃったけど、疲れは大丈夫？」

「うん、少し昼寝したし、ご飯も食べたから結構元気」

「ならよかったよ。東京の街はどうだった？」

「うん、人が多くてびっくりしたけど、浅草もスカイツリーも楽しかったよ。焼き立ての人形焼きもおいしかった」

「そう、よかった。東京の街に、ちなっちゃんが少しずつでも慣れられそうなら、俺が東京にちなっちゃんを連れてくる、って選択肢も考えていいのかな？」

「そう、だね」

私が少し言葉を切って考え込むと、丹羽は笑った。

「すぐ答えは出さなくていいから、いい返事を待ってるよ」

「わかった。――ありがとう。ところで、丹羽さん」

「なに？」

私は勇気を振り絞って言った。

「いちごを食べても大丈夫なように、心の準備、しておくね」

丹羽が電話の向こうで笑いをかみ殺すのがわかった。

「――ありがとう、次の機会には。でも、無理しなくていいから。ちなっちゃんの気持ちが整うまで、俺待てるしね」

「うん」

伝わったみたいだ、と思いながら赤面した。スマホを持つ指の先がかすかに震えた。

「というか」

と丹羽が言った。

「俺は来春からいったん実家で暮らすつもりだったけど、ちなっちゃんが東京来てくれるなら、一緒に二人で部屋借りて暮らそうよ。もちろん、俺一人じゃ養うのちょっと厳しいから、ちなっちゃんにも働いてもらうことになるけど。申し訳ないんだけど、それでもいいなら」

丹羽の言葉に息が止まりそうになった。

「それ、って」

「うん。前から考えてたんだ。――ちなっちゃんと、暮らしたい」

「嬉しい」

「そうしたら、いちごもいつでも食べられるし？」

　丹羽の言葉に、私は涙と笑いが同時に出てくるのを止められなかった。いつまでも笑い転げていると丹羽が明るい口調で言った。

「とりあえず、明日朝迎えに来るから。今夜は一人にしてごめんねー」

「ううん、大丈夫。疲れたからよく眠れそうだよ」

「おやすみ」

「おやすみなさい」

　自分の発した言葉の最後が甘く響いて、そのまま誰もいない部屋に余韻として残った。電話が切れたのを確認して、ベッドに横たわった。胸の鼓動が早い。嬉しすぎて今夜眠れないかもしれない。

　ふいに東京に行く直前に聞いた父の言葉がよみがえった。

（千夏が決めたことなら、なんも言わねぇよ）

　それと同時に、もう一つの父の声もまた思い出した。

（本当は千夏にななかまどを、継いでもらいてぇんだ）

　父のことを考えると、とても切なくなった。私がななかまどから離れれば、店はたたむことになるだろう。金沢の街からななかまどが消える、ということはとてつもなく寂しかった。

（千夏がいるから、この店は安泰ね）

母の言い遺した言葉も心に浮かんできた。母が寄せてくれた信頼も裏切ってしまうように思えて、ひどく苦しい。

――でも、それでも。

丹羽と一緒にいたいという気持ちを、私はもう止めることができなかった。丹羽の「暮らしたい」という言葉への喜びと、父の「継いでもらいてぇんだ」という言葉に対するつらさが、同時に心の内の半分ずつを占めていて、苦しくなる。けれどわずかに、丹羽への気持ちの方が勝つ自分を感じていた。

「眠れるかなぁ」

私はそうつぶやいて、部屋の照明を落とすとベッドにもぐって目を閉じた。枕をぎゅうと抱きしめて、体を横に倒すとそのまま丸まった。眠ろうと努めたけれど、いろいろな思いが胸を去来してなかなか眠れない。頭の中が微妙に冴えるのを感じながら、私は何度も寝返りを打った。

2

翌朝の九時半に丹羽が迎えにきたので、チェックアウトを済ませてホテルの外に出た。東京の冬空は金沢の曇天とはちがって、すこんと抜けるように青い色をしている。冬の午前中の陽の光が気持ちいいな、と思っていると丹羽が言った。

「ボストンバッグ重いでしょ。持つよ」

「ありがとう」

私はボストンバッグを丹羽に預けるとその流れで、昨晩した東京行きの決心を彼に告げようとした。

「丹羽さん、私ね、丹羽さんとこれからも一緒に――」

丹羽の目が大きく見開かれる。

「それ、って」

「だから」

最後まで言わないうちに、丹羽に抱きすくめられた。抱擁（ほうよう）に驚いたのと人目が恥ずかしいことで、私は思わず叫んだ。

「ちょっ、ここ、人前だから！」

「東京、来てくれるってこと？」

「とにかく離して。離したら返事する」

「やだ」

丹羽がいたずらっ子のような顔を近づけてくる。キスされるんだ、と思ったら、一気に頬が熱くなった。

「ああ、もう」

丹羽が私に、そっと口づけようとしたそのときだった。

私の鞄の中のスマホが鳴り始めた。タイミングが良すぎる、いや悪すぎる、と思いながらも、着信音にひるんだ丹羽の腕を押しのけてスマホを取り出した。待ち受け画面に高瀬さんの名前を見るなり、私ははっとした。——なかまどで、私が留守の間に何かあったのじゃないだろうか。

急に不安が募ってきて、緊張しながら電話に出た。スマホを持つ指先が震える。

「——高瀬さん、千夏です。何かありましたか?」

「千夏さん、旅行中ごめんなさい」

高瀬さんの声には焦りがにじんでいた。

「ソースの買い置きって、もうないんでしょうか。戸棚のどこを探しても見つからないんですっ」

一気に体から力が抜けた。なんだ、そんなささいなことだったのか。

「えーとね、まだありますよ。厨房の床下が、倉庫になってるんです。鍵は店長に聞けば開けてもらえると思うので」

「そうだったんですね、旅行中すみませんでした」

その言葉で電話は切れた。いつもの高瀬さんなら、旅行を楽しんでますか？　など気遣いの言葉をくれるのに、いまはその余裕もなさそうだった。慣れない開店準備に大わらわなのだろう。

（千夏にななかまどを、継いでもらいてぇんだ）

（千夏がいるから、この店は安泰ね）

父と母の言葉が、次々とよぎり、私の脳裏にはいつしか、ななかまどの店内の様子が思い浮かんでいた。高校生のとき母と一緒に立ち働いていた記憶、お客さんが談笑する声、温かい照明に照らされた湯気の立つお料理とその匂い、父や紺堂がフライパンを揺する音、高瀬さんがお皿を運ぶ足音――。そのどれも、いまここにはなかった。突き上げるように、早く帰りたい、という気持ちになってしまった。

――ななかまどには、やっぱり私が必要なんじゃないの？

――ソースの買い置き一つとっても、私はななかまどにいなくてはいけないんじゃないのか？

「――ちなっちゃん、もう大丈夫なの？」

丹羽の言葉で、やっと現実に引き戻された。私はいま東京にいて、そして丹羽に東京行きの返事をまさにしようとしていて――。

「丹羽さん、ごめん。丹羽さんとは一緒にいたいんだけど、東京行きの返事はもう少しだけ待ってくれるかな」

私自身、自分の口から飛び出した自分の言葉に驚いた。高瀬さんの電話に出てから、丹羽のことが完全に頭から飛んでいた。そのことを後ろめたく思いながらも、自分にとって本当に大事なものはなんなのか、もっと考える必要があると感じた。

「なんだ、俺の早とちりか。ざーんねん。でも、大事なことだからゆっくり決めてよ」

丹羽はそう優しく言ってくれたけど、内心がっかりしていることが伝わってきて、申し訳なくなった。丹羽がしゅんとした私を見て、とりなすように言った。

「今日は帰りの新幹線に乗るまでに時間があるから、俺の通ってた高校見に行かない？　そのあと、高校時代に友達とよく行ってた定食屋でお昼食べようと思うんだけど、どうかな？」

「うん、ぜひ行きたい。いろいろプラン立ててくれてありがとう」

「手、つなごっか」

「うん」

丹羽が差し出してくれた手をとって、二人で並んで国分寺の街を歩いた。国分寺駅から電車に乗り、丹羽の高校の最寄り駅で降りると十分程度歩く。白い建物が見えてきて「あそこだよ」と丹羽が指さした。

校内には入れないようだった。フェンス越しに校舎を眺めながら丹羽が言う。

「あー、懐かしいな。いろいろ思い出しちゃうな。放課後、買い食いしたりとか。文化祭に寝坊して、クラスメイトにめっちゃ怒られたりだとか」

笑い声を立てたあと、私はふと気になって聞いてみた。

「丹羽さんは、高校生のときに付き合ってた子とかいたの？」

とたんに丹羽の顔に動揺が浮かんだ。

「や、いたことは、いたけど」

「クラスメイトの子？」

訊かなきゃいいのに、丹羽の過去が気になって、問いただしてしまう。丹羽は少したたらってから、口を開いた。

「高二のときに、七歳年上の社会人の女の人と半年ほど付き合ってた。最後はこっぴどくフラれたけど。それで、その人のいる東京を少し離れるのもいいかなと思ったんだ。そのころちょうど美人画や美術史にはまって、習いたい先生が教鞭を執っている大学が金沢にあったから、受験して金沢に行ったんだよ」

「その後、誰かとまた付き合った？」

「いや。ちなっちゃんが、次だよ」

丹羽にはだいぶ長い間彼女がいなかったことになる。よっぽどその人が忘れられなかったんだ、と思って、私が押し黙って難しい顔をしていると、丹羽がため息をついた。

「勝手に聞いておいて、勝手に不機嫌にならないでよ。誰かれ付き合っていないのは、俺がよっぽど好きじゃないと、自分のテリトリーに入れたくないってだけだから。ちなっちゃんとはもうちゃんと付き合ってるでしょ。だから、怒るのはやめやめ」

丹羽の言葉に、私は気を取り直した。

「ごめんね、丹羽さん、余計なこと聞いちゃって」

「俺だって、ちなっちゃんがいままで誰と付き合ってきたかとか気になるよ？　だけどそういう話は絶対聞きたくないもん。意外と、妬くから」

冗談めかして言った丹羽の言葉が、嬉しかった。

校舎のまわりをぐるりと一回りすると、丹羽が「さ、次に行こう」と言った。高校の敷地内を出て横断歩道を渡り、路地を曲がる。ほどなくして、海老茶色の古びたのれんをかけた定食屋が見えてきた。丹羽は引き戸をガラガラと開けて、「こんちはー」と中に声をかけた。

丹羽の声に、お茶を運んでいた白い三角巾をかぶった六十代後半くらいのおばさんが振り向いて、笑顔を見せた。

「あらぁ、丹羽くん！　お久しぶりねえ」

「おばちゃん、久しぶり。元気してた？」

「もうすっかり年とっちゃって足腰弱って大変よ」

　店内は厨房に向かって右側のほうにテーブル席、左側のほうに座敷席があった。厨房の前のほうにカウンター席もある。なかなかまどより少し小さい店のようだった。丹羽は私を連れて座敷席のほうの座卓の前に腰を下ろすと、おばさんが持ってきてくれたお茶の湯飲みを受け取った。おばさんは丹羽ににこにこしながら言う。

「丹羽くん、可愛い子連れてるじゃない。まったく隅におけないわねえ。彼女さん？」

「うん、そうだよ」

　昔なじみの知り合いに、私のことを『彼女』であると丹羽が認めてくれて、頬がゆるんでしまった。

「ちなっちゃん、何食べる？　ここは親子丼がめっちゃおいしくて」

「じゃあ、親子丼にする」

「俺も。おばちゃん、親子丼二つね」

「はいはい」

　店のテレビからは昼のバラエティ番組がけたたましく流れ、テーブル席には四十代ほどの女性が子ども二人と一緒にうどんをすすっている。カウンター席には競馬新聞を読んでいるおじさんが座っていて、厨房の中の店主らしいおじさんとしゃべっていた。

おばさんは丹羽に話を切り出した。

「丹羽くん、いいタイミングで来たわ。実は、四月にはこの店、閉めるのよ」

「えっ、そうなんだ」

驚く丹羽に、おばさんは首をかしげながら言った。

「私もダンナも、もうあまり体がきかなくなっちゃってね。引退することにしたの」

「息子さんは、継いでくれたりとかは——」

「ないない。子どものときだけは、いっちょまえに、俺がこの店の二代目をやる！って息巻いていたけど、いまは大きな会社のサラリーマンだもの。今度は係長になるのよ。だからこの店どころじゃないって」

隣で二人の会話を聞きながら、胸が痛んだ。ちょっと内装は古びているけど、この定食屋がまっとうに商売をしてきたいい店だということは私にもわかった。近所の人たちのなごみの場にもなっていて、美味しい定食メニューがあって、それでも跡継ぎがいなくて、店を閉めざるを得ない——。子どものときだけは、というおばさんの言葉が、自分に言われたことでもないのに、胸に突き刺さった。押し黙ってしまった私に気付いて、丹羽がすかさずフォローしてくれる。

「この店はこの店、なかなかまどはなかなかまどでしょ。そんな顔しないで。いっしょくたにして考えなくてもいいんだよ」

「そうだね」

　運ばれてきた親子丼は、卵が甘じょっぱくて、鶏が柔らかくてすごく美味しかった。添えられている三つ葉で、口がさっぱりする。この味がこの街から消えてしまうのは寂しいなと、丹羽の言葉を聞いてもなおそう感じた。

　おばさんに丹羽は「店を閉める前にまた来るよ」と告げた。嬉しそうなおばさんは「これ持っていって」とおまんじゅうを一つずつ、私と丹羽にくれた。

　お礼を言って店を出て、帰りの新幹線に間に合うように東京駅へと向かった。東京の街はとっても広くて大きくて、でもそのなかでささやかに暮らしを営んでいる人がいることがわかったのが収穫だと思った。

　金沢駅に着いて、駅周辺で用事があるという丹羽と別れ、バスに乗ってなかまどに戻った。私の留守を預かってくれていた高瀬さんと紺堂に、東京土産の菓子箱を一つずつ渡した。高瀬さんに帰ってもらうと、私はそのままウェイトレス業務につく。店が終わったあと、二階へ階段を上っている途中で、父が仏間の前から「千夏」と私の名を呼んだ。

「父さん？」

「東京、どうだったんだ？　丹羽ちゃんと暮らすと決めたのか？」

私は、正直な気持ちを言わなければならないと思った。

「——実は、東京を見たら余計にわからなくなったの。私、やっぱりなかまどを継ぎたいのかもしれない」

「お前が買ってきてくれた土産でも一緒に食べながら、ちょっと話そうか」

父がそう言ったので、私は二階のミニキッチンで二人分の緑茶を淹れると、仏間へと運んだ。父が菓子箱の中から個包装の菓子を二つとって、仏壇に供えた。

二人で座卓を挟み向かい合うと、父はお茶に口をつける前に私に言った。

「千夏。俺は、お前の選んだ道が、どっちになってもかまわないと思っているんだ。東京で丹羽ちゃんと暮らすことになっても、この店に残ることになっても。ただ、お前のなかで、俺と陽子のなかまどを継ぐことが、ずっと心の支えになっていたこともあるんじゃなかろうかと、お前がいない間考えていたんだ」

無骨な父がひとことひとこと、丁寧に言葉を紡（つむ）いでくれているのがわかった。

「お前、中学生のときに店を継ぐって言って、陽子と大喧嘩になったことを覚えているか？」

もちろん覚えている。忘れようったって忘れられない。

母と私が喧嘩をしたのは、私が中三のときだった。父と母のお店――大好きな洋食屋ななかまどを一生続けるのが私の夢だった。小さいころは『ななかまどをつぐのがしょうらいのゆめです』と言っても、家族も親戚もみんな笑ってくれていたけど、高校受験を控えて、私がそれを改めて両親に宣言したときに、父は認めてくれたけど母は猛反対した。

『千夏、お店をやるってことは、あなたが思っている以上に大変なことなのよ。休みは思うようにとれないし、つらいこともしんどいこともたくさんあるよ。それに、あなたにいつか好きな人ができても、その人と将来が折り合わないことだってあるのよ』

いま思えば、母には先見の明があったのだった。実際に丹羽と恋人関係になったいま、はじめて気づかされることだった。

『お母さんは、千夏は女の子なんだから、普通にお勤めをして、好きな人と結婚して、子どもを産んで、そういう生き方ができることを知ってる。それが、お店をやりながらだと、思うようにいかないこともあるからね』

母にそう諭されても、当時の私は『ななかまどを継ぐ』という将来の夢をゆずらなかった。私の真剣な想いに、母はとうとう折れたのだった。

母は肺炎で亡くなる間際、入院先で咳込みながらも私に言ってくれた。

『千夏がいるから、この店は安泰ね。お母さん、安心しているわ』と。

その言葉を思い出すなり、私の目に涙がにじんだ。ななかまどを捨てるということは、母を裏切ることなのかもしれなかった。

「なあ、千夏。陽子のことを思い出したのなら、言うけれどな」

父は私にゆっくりとした口調で告げる。

「丹羽ちゃんが好きで、ついていきたい気持ちはわかる。けれど、いままでななかまどを継ぐためにお前ががんばってきたのを見てきた俺としては、本当に大事なものをお前が誤魔化しちゃいねえかと気になったんだ。大切なものを大切じゃないフリして、放り捨てたことで、一生苦しむこともあるからよ。もちろん、この店は俺と陽子の店だし、俺も体にいろいろガタがきてっから、お前がいなくなればこの店は自然とたたむことになるだろう。だが、それまでにはもう少し時間があるから、お前がどうするか答えを出すんだ」

父の思いやりに満ちた言葉に、私は何も返せなかった。父は仏間のたんすの一番上の引き出しを開けると、中から通帳を一枚取り出して私の前に置いた。

「これは陽子が、お前が結婚するときにと貯めていた金だ。俺と陽子で、お前がいい年になったら渡そうと思っていたんだ。陽子はいなくなっちまったけどな。陽子は、お前がななかまどに縛られることで、添いたい相手と結婚できないんじゃないかとずっと心配してたんだ。だから、店を継ぐってお前が中学生のときに言い出したときも、あんなに反対したんだ。陽子が想像するお前の幸せは、好きな相手と添うことだったんだろう。だけど、俺が見るにお前の幸せは、ななかまどをやっていくことなんじゃないかと思うところもあるんだ。だから、自分にとって一番大切なものは何なのかを、いっぺん腰をすえてじっくり考えたらいいんじゃないか？」

父の言葉を聞いて、丹羽に言えなかった「ななかまどを継ぎたい」という気持ちが改めてふくれあがってきた。

「父さん、ありがとう。私考えてみる」

「この通帳、お前がもう持っておけ」

父はそう言うと、私の目を見てはっきりと言った。

「丹羽ちゃんと東京に行くにせよ、この店に残るにせよ、俺はお前に、結婚して幸せになってほしい。陽子だって天国でそう思っているはずだ。決められないときはな、千夏、時間が解決してくれるもんよ。大事な将来のことを、いっぺんじっくり考えてみろ。丹羽ちゃんが発つ春までに、結論はきっとお前の中で出るだろう」

父はそう言うと、少しぶっきらぼうに「俺はもう寝る。歯、磨いてくる」と仏間から出て行った。

六皿目　涙味のクリームシチュー

1

目が覚めて窓の外を見たら、夜のあいだに降った雪で一面の銀世界だった。「さむ」と言いながら着替えをして、二階のミニキッチンでお湯を沸かそうと仏間の前を通ったとき、何やら呻き声が聞こえて私は立ち止まった。

——父の声。

そう気づくとすぐに私は仏間のふすまを開けた。父が寝室にしている仏間、その布団の中で父が青い顔をして呻いていた。

「父さん、大丈夫⁉」

駆け寄って声をかけると、父は小さな声で言った。

「千夏、今日は俺が厨房に立つ番だったが、この腰の調子では無理だ。悪いけど、直哉くんに連絡してもらえるか」

「わかった。紺堂さんに連絡をとってみる」

腰の痛みが今日は一段とひどいようで、私は心配になった。父がまだ何かしゃべろうとしているので、体をかがめて「何？」と訊いた。

「千夏。直哉くんに、正式にうちのコックに入ってもらえるよう頼むことはできないか。――もちろん、お前がまだ丹羽ちゃんと東京に行くかどうかを迷っているのは知っている。だけど俺がこのまま引退して、直哉くんが替わりに立ってくれなかったら、ななかまどをいよいよ閉めないといけないことになる。一度、直哉くんとお前で話をしてくれないか」

父の言うことはもっともだったので、私は「わかった」と頷いた。先日通帳を渡されたときから、私の中でやはりななかまどを継ぎたいという気持ちは、消えなくなっていた。自分が抱えていたその気持ちの強さに、改めて気づかされているところだった。

「父さんは、今日は寝ててね」

私はそう言うと紺堂に電話をかけた。小立野（こだつの）に住んでいる紺堂はすぐ来ると言ってくれて、私は本当に頼もしいな、と思った。

駆けつけた紺堂に、私は頭を下げた。

「休みの日だったのに、ごめんなさい。本当にありがとうございます」

紺堂の髪にもマフラーにも、雪の粒がくっついていた。紺堂は笑顔を見せると、

「大丈夫です。むしろ千夏さんの顔を見れて嬉しいです」と言った。私は肩をすくめると、「ごめんなさい」ともう一度言って「あのね」と父からの提案を切り出すことにした。

「紺堂さん、父がね、腰がかなり痛いみたいで。紺堂さんになかなかまどの正式なコックになってくれないか、って言っているんです。父がこのまま引退してしまえば、いま試用期間で入ってもらっている紺堂さんしか、頼れる人がいなくなってしまいます。紺堂さん、うちのコックになってほしいと、父も私も思っているんです。どうでしょうか」

紺堂はしばし考えたのちに、普段通りの穏やかな口調で言った。

「僕だって、なかまどの正式なコックにはなりたいです。でも、千夏さんと一緒になりたいという気持ちが、先にあってのことです。僕を正式なコックにというなら、千夏さんには、僕との結婚を了承してもらいたいです。――千夏さんに、それができますか？」

どこにも棘を感じない口調ではあったけれど、紺堂がずっと前からその言葉を用意していたことは私にもわかった。思わず言葉を継げなくなった私に、紺堂がたた

みかけた。

「僕は、千夏さんが心の中で丹羽くんをどんなに想っていたとしても、それも受け入れて、あなたを大切にします。——僕の気持ちを受け止めてくれるのなら、僕は今すぐにでも、なかなかまどの正式なコックを受けさせていただきますよ」

紺堂の顔を見やると、とてもひたむきな目でこちらを見つめていて、私は心を打たれる。選ばなければならないときがきたのだ、と私の体はこわばった。その一方で、頭は不思議とどこか冷静だった。

——私、やっぱりなかまどを閉めたくはないんだ。

そのことに、はっきりと気が付いた。「東京で暮らそう」と言ってくれた丹羽の気持ちを思うと、とても苦しい。けれど、紺堂の真剣な想いのことも、ちゃんと考えてあげないといけないと思った。

「紺堂さん、いつまでも返事を保留にしていてごめんなさい。近々、答えは出します。だから、もう少し待ってください」

「わかりました」

紺堂はそう言うと、玉ねぎの皮を剝き始めた。私も寒い厨房のなか、かじかんだ手で台拭き用のタオルをしぼると、ホールのテーブルを拭き始めた。

その日の仕事が終わり、二階に上がった私はぼんやりと疲れた体をひきずって、生前母が自室にしていたたんす部屋に入った。母が使っていた鏡台には、母が飾った家族写真が写真立てに入っていまでも並んでいる。私が赤ちゃんのころの写真、小学校に入学したときの写真——ふと、それらを見ていたら、他の家族写真も見たくなってアルバムを探した。ほどなくして、母の本棚のなかから一冊のアルバムを見つけ出し、私はそれを広げた。

古いスナップ写真に、金澤神社を背景として白無垢姿の母と紋付き袴姿の父が写っていた。二人とも二十代のころの写真なので、若かった。

両親の結婚式の写真を見ていたら、ふっと母が生きていたころに、私がした質問のことを思い出した。

当時、たしか私は高校一年生くらいだった。母が用意したお茶ときんつばを食べながら、ぽつぽつ話をしていたのだった。

父と母との馴れ初めを聞きたがった私に、母は『千夏も大人になってきたんだね』と感慨深そうに言いながら話してくれたのだった。

『お父さんとはね、見合いだったんだよ。私はね、当時素敵だなあと憧れていた人もいたんだけれど、両親にすすめられて見合いをすることになってね。しぶしぶながらお父さんに会いに行ったんだ。お父さんは頑固な人だったから、最初は一緒にいて緊張したし、大変なこともあったよ。だけど、だんだんお父さんが本当に私を大切にしてくれているのがわかってきてね、縁のある人に神様が引き合わせてくれたんだと、いまでは思うよ』

母の記憶をたどると、胸がはりさけそうに痛んだ。アルバムをめくっていたら、自分の保育園のときの写真と一緒に、私が描いたへたくそな家族の絵が出てきた。この間見た隼太くんの絵のほうが、よっぽど上手だと思いながら笑おうとしたとき、その絵に添えられたひらがなが目に飛び込んできた。

（わたしのゆめは　おとうさんと　おかあさんと　ようしょくやななかまどを　ずっとつづけることです　さんにんで　ずっとなかよく　くらしていくことです）

――母はもういない。母への思慕がこみあげてきて、嗚咽した。三人でずっと一緒に暮らしていく願いが、無邪気に叶うと信じていた幼い私を、背後から抱きしめにいきたいくらいだった。

なながまどを、守りたい。どんなに丹羽が好きでも、私は最初からななかまどを選ぶほか、道はなかったのだ。

紺堂と結婚すれば、ななかまどを続けることができる。二人で力を合わせて店をやっていくなかで、紺堂と私も、父と母のような良い夫婦になっていく、そんな道も自分にはあるのかもしれないと思った。

そんなことを考えながら、真冬の夜は更けていった。

翌日は、雪はやんでいたが未明の冷え込みで、道が凍り付いていた。いつものように朝の窓拭きと玄関の掃除をするために、一歩ドアを開けて外に出た瞬間だった。

まさか玄関タイルまでが凍り付いているとは想定していなかった私は、ずるっと滑って尻もちをつき、その拍子に強く左手をタイルについてしまった。

「痛ったぁ」

起き上がってみると、腰は幸い大丈夫だったが、タイルについた左手が、じんじんとしびれるような感覚がある。まずいな、と思いつつも厨房に戻り、手を動かしてみようとするけど、そのたびに痛みが走った。

どうしようどうしようと思いながら、あたふたしていると、

「千夏さん、おはようございます」

と紺堂が裏口から現れた。私が左手をかばうようにしているのを見て、紺堂は眉根を寄せた。

「え、何かありましたか」

私は無理に笑顔をつくった。

「聞いてください、ドジな話で。朝掃除をしようと一歩外に出たら、タイルが凍ってて、すべって手をついちゃったんです。そしたらひねってしまったのか、ちょっと痛みがあって。でも大丈夫、すぐ治ると思います」

「病院へ行きましょう、すぐに」

紺堂が強い口調で言った。

「でも、開店準備が」

「そんなの、貼り紙はっておけばいいですよ、少し遅れますって。千夏さんの手、何かあったら大変じゃないですか。僕車出すんで。近くの整形外科がもう開いているはずです。すぐ行きましょう」

「でも」

「ごちゃごちゃ言わないですぐ行きますよ、何かあってからじゃ遅いです」

普段の温厚さとはまるで違う、有無を言わさない紺堂の口調に引きずられるようにして、私は紺堂の車の助手席に乗りこんだ。紺堂の言うとおり、今日はランチタイムを臨時休業しますという貼り紙も貼った。

「今日、道凍ってるから運転気を付けてくださいね」

「わかってます。スタッドレスタイヤにしてあるし、僕も北陸で雪の時期運転して長いですから。とにかく、千夏さんは手をあまり動かさないようにして」

「……はい」

紺堂の、私を守ろう、という姿勢を感じて、胸が熱くなった。私はもともと気丈なタイプだけど、母が亡くなってからはとくに、無理しているときでも弱音を吐けないことが多かった。こんな風に紺堂がまるで保護者にでもなったかのように、私を助けてくれていることに、泣きそうな気分になってしまう。

――丹羽は、同じことをしてくれるだろうか。

そんなこと考えちゃいけないのに、考えてしまった。紺堂の運転は慎重で、凍った雪道でも安全運転をきちんと心がけていて、好ましく思った。

整形外科では「手首の捻挫（ねんざ）」だと医師が診断してくれて、処置をしてもらった。湿布とガーゼとネットで左手はぐるぐる巻きにされた。

待合室で待っていてくれた紺堂のもとへ行くと、紺堂は私の手を見て「まだ、痛みますか？」と心配そうな顔をした。

「一週間ほどで治るって言われました。とりあえず、あまり無理しないようにします」

「そうしてくださいね。千夏さん、何か温かい飲み物いります？　僕買ってきますよ」

「じゃあ、お願いします」

紺堂は自販機でホットのココアを買ってくると、プルタブまで開けて私に渡してくれた。

「怪我は利き手じゃないから、大丈夫ですよ」

と私が笑うと、紺堂はほっとした顔をして「帰りましょうか」と言った。ホットココアの甘さが、体に沁みていった。

ランチタイムを休業したので二階の自室で紺堂に言われたように休んでいると、丹羽からＬＩＮＥが来た。

『いま、話せる？』とのことだったので、『大丈夫だよ』と返した。

丹羽は電話に出ると開口一番に言った。

「ななかまど、今日寄ってみたらランチ休業って出てたけど、どうかしたの」

「ああ、ごめん。私が朝玄関ですべって手をひねってしまって、紺堂さんが車で病院連れて行ってくれてたの」

「――え？」

丹羽の声が陰った。

「紺堂の車で、二人で行ったの」

「そうだけど」

——そこはまず「手は大丈夫なの」じゃないんだろうか。

「俺に言ってくれても、良かったんだよ？」

丹羽の口調は穏やかだったが、その裏に（どうして紺堂と行ったんだよ）と私を責める気持ちが透けて見えた。

「だって、すぐ処置しなきゃって、紺堂さんが」

「そっか。いまは痛みはないの？」

「まだ痛い」

ふくれながら、私は丹羽が東京で漏らした『意外と、妬くから』という言葉を思い出していた。妬くって、こういうことなのだろうか。私が怪我をしたことに対する心配よりも、紺堂と車で二人きりになったことへの心配のほうが、丹羽のなかで大きいような気がして、「コドモだなあ」と思ってしまった。

私が不機嫌になっているのを感じ取ったのか、丹羽が言った。

「あまり、無理しないでね。ウェイトレスは何日か休んでもいいんじゃない」

「そんなわけにいかないよ！」

思わず、とがった声が出てしまう。学生とせいぜいバイトしか経験したことのない丹羽には、店に何日も出られないことで売上に影響する怖さがわからないのだと思った。

「丹羽さん、お店のこと何もわかってない」

「そんな言い方、ないでしょ」

たしなめるように言った丹羽の声にも、少し苛立ち(いらだ)が混じるのを感じた。

「とにかく今日の夜から、店には普通に出るつもり。心配しなくていいからっ」

「そこまでいうなら、店に出たらいいんじゃない」

精一杯の私の強がりを、丹羽は見抜きそこなったようだった。本当はもっと心配してほしい、私のその気持ちに気付けなかったみたいだ。少し投げやりに「出たらいいんじゃない」と言われたことに、いらっとしてしまって「またね」と突き放すようにして電話を切った。丹羽の前では、可愛い自分や素直な自分でいたくて、ずっとそうしようと努めてきたのに、ぜんぶこれでだいなしになったと思った。

丹羽のことが大好きなはずなのに、想像していたのと違う性格が丹羽の言動から見えてしまうと、いちいちひっかかってしまう。よく人が言う『付き合ってから幻滅する』ってこういうことなのかな——と思いながら、私はむしゃくしゃしてクッションに顔をうずめた。

その日の夜営業の間は、紺堂が調理のほかにお皿を運んだり洗ったりする作業もずっと手伝ってくれて、ひたすら頭が下がる思いがした。雪のせいでお客さんが比較的少なかったことも助かった一因だった。

紺堂の背中をじっと見ていたら、振り向いて小皿を渡してきた。ホールからお客さんが呼んでいないか、ちらちらと気にしながら受け取る。

「千夏さん、クリームシチュー一口食べませんか。寒いからあったまりますよ」

私は小皿を受け取って、スプーンでシチューをすくい口のなかに入れた。シチューにはよく煮込んだ野菜と肉の味が染み出し、とろりとしたミルク風味で全体がうまくまとまっている。食べてなくなってしまうのが惜しいくらいに、美味しかった。

「優しい味……」

クリームシチューの味が、温かく体にも心にも沁みていって、（あ、私、紺堂の味が好きなんだ）と芯から理解した。思えばこうして、紺堂は最初からずっと、私のことをそばで見守ってくれていたのだ。

紺堂がなかなかまどに現れた日、気さくに謙虚に挨拶してくれたこと。

私のことを好きなのに、丹羽に差し入れるオムライスを一緒につくってくれたこと。

クリスマスの晩遅く帰ったときに、『丹羽くんとの別れが来たとき、いつでも千夏さんを支えるつもりでいます』と言われたこと。

先日『千夏さんが心の中で丹羽くんをどんなに想っていたとしても、それも受け入れて、あなたを大切にします』と言ってくれたこと。

紺堂が私にくれた優しい言葉たちを回想しながら、私はいつしか涙ぐんでいた。

紺堂が、びっくりして私に駆け寄った。

「千夏さん、大丈夫ですか、手が痛みますか？」

「ううん、違うの、違うの……」

私はかぶりを振りながら、紺堂に泣きながらも笑いかけた。

「紺堂さん、本当にいい人だなあって」

「いい人どまりとはよく言われますが」

微笑んで自虐した紺堂に、私は言った。

「ううん、そうじゃなくて、私の好きな感じの、いい人」

紺堂に対して私の気持ちが動いたことを、彼は敏感に察知したようだった。

「誤解しますよ。いいんですか？」

こくりと頷くと、紺堂は「まいったな……予想外の展開」とつぶやいて赤くなった。そんな紺堂を、私は可愛いと思った。こんなに大きな体をしているのに、照れているさまは少年のようだった。

ふいにレジ前のベルが鳴ったので、紺堂は「お会計ですねっ」とレジのところに飛んで行った。あとに残された私は、自分が告げてしまった言葉の意味をいま一度嚙みしめながら、心のなかでふくらんできたもう一つの思いを持て余していた。

2

一月中旬すぎの雪の夜のこと。手はもうすっかり治ったけれど、丹羽と仲直りするタイミングを私は逃したままでいた。一言の「ごめんね」が言えない自分を素直じゃないと思いながらも、どう謝ったらいいのかわからないままに日々は過ぎた。

雪の日が続くせいか、お客さんも少ないなと思っていると、常連の柴野（しばの）さんというおばさんが驚く話をしてきた。

「ねえ、千夏さん。この近くに、数日前にファミレスできたの知ってる？　大手チェーンの有名なところで。オムライスもナポリタンもすごく安くって、人が列をなして通ってるわよ。まあ、それでも私はなかなかまどの味が好きだけどね。お客さん、盗られてしまわないように気をつけてね」

「ええっ、そうなんですか。うちも負けないようにしないといけないですね」

そのときはそんな会話を交わしたが、柴野さんの言ったことは的中した。それから一週間あまり、お客さんの数が少なく、いつも通ってくれていた常連の学生やサラリーマンの姿を見なくなった。もちろん、帳簿をつけてみると売上も大幅に下がっている。

私は頭を抱えて「どうしよう」と言った。

「このままじゃ、お客さんが離れていってしまうかもしれない」

そんな私に、父は言う。

「店をやってれば、売上が上がるときも下がるときもある。あんまり気にしちゃいけないが、誠実に店をやっていくことだけは大切にしないとな。あまり思い悩むな」

父はわりと楽観的だった。

「なに、目新しい時期が過ぎれば、またお客さんは戻ってくるさ。うちの味、俺から引き継いだ直哉くんの味を気にいってる客も多いからさ。何より、直哉くんが要（かなめ）として、うちにいてくれるのなら、大丈夫に決まってる」

父の言葉を聞いていた紺堂が、少し笑った。ちょっと苦笑いをしたようにも見えて、私は「あれ」と一瞬思ったが、お店にお客さんが来たので、その応対に紛れてそのことは忘れてしまった。

それから数日して、私と紺堂だけが店にいた午後八時過ぎに一人の不思議な客がやってきた。白髪で眼鏡をかけた、小柄な壮年の男の人で、カレーを食べ終えると私に言った。

「シェフを呼んでくれないか」

美味しかった、とでも伝えたいのかな、と思って私は厨房から紺堂を呼んだ。そのまま私は下がろうとしたが、その男の人が紺堂にかけた最初の言葉を聞いてしまった。

「ずいぶん探したよ。まさか、いきなり消えられるとはこっちも思ってなかったからね。——なぜ、こんな小さな店で君がつまらない料理をつくっているか、教えてもらおうか」

小さな店とつまらない料理の二言で、私はカチンときたが、そのままそばで聞き耳をたてるわけにもいかず、厨房で皿洗いを始めた。

そうしながらも、お客さんのそばで話し込んでいる紺堂の様子を窺っていた。紺堂がお客さんになにやら言っている。お客さんは言い返す。紺堂とどうやら押し問答になっているようだ。

お客さんが席を立ち、ようやく帰ったのは、食べ終えてから二十分もしたあとだった。

そのお客さんが帰ると、私は紺堂にたずねてみた。

「あの人、誰？　知り合いですか？　紺堂さんを探してたって言ってたけれど」

「――以前、ちょっとお世話になったことがあって」

「何を話していたんですか？」

「千夏さんにいま話せるようなことでは」

「――あの人、うちのことを『小さな店』、紺堂さんの料理のことを『つまらない料理』って言っていました。私、どういう話をしたか、知りたいです」

そこまで話したところで、店のドアベルが鳴り、ラストオーダーギリギリのお客さんが入ってきた。紺堂は私に言った。

「お店が閉まってからお話しします。いまは、応対を」

「わかりました」

店が閉まったあと、紺堂はふうっと大きく息をつくと「さっきのことですが」と言った。

「あの人は中村さんと言って、僕がなながまどに来る前、ホテルの洋食レストランで働いていたときから目をかけてくれていた人です。僕の腕を買ってくれていました。僕がホテルをやめてから、ずっと探していたそうです。僕も、周りには何も言わず、勝手になながまどに来ちゃいましたから、本当にどこに行ったんだと探していたそうで。――中村さんは、今日僕に言いに来たんです。自分が手掛けている大阪の老舗フレンチレストランで、働けるコックを探しているからぜひ来ないかね、と。要するに、僕を引き抜きたいってことです」

　私は驚きすぎて、声も出せなかった。紺堂はたしかに腕のいいコックだと思っていたが、それほど買われるくらいの人だなんて思ってもいなかった。私は震える声で訊いた。

「紺堂さん、――そっちへ行きたいと思ってるんですか？」

　紺堂は私をちらっと見ると、穏やかながらも真面目な声で言った。

「正直迷っている、と言ったら、千夏さんはどうしますか」

「えっ」

「僕が言いたいことは、前と変わってないですよ。千夏さんが僕と結婚してくれるのなら、僕はいくらでもなながまどに尽くします。けれど選んではくれないとしたら、僕がなながまどにいる意味ってなんですか？　教えてください」

　優しい言い方だったけど、言っていることは厳しかった。紺堂が苦言を呈するのははじめてのことだったので、私はうなだれる。紺堂が優しいのをいいことに、彼を都合よく扱ってしまっていたことに気付かされた。答えを待たせすぎた間に、こんなことになってしまった。

「中村さんは、僕に言っていました。なんでこんなに単純なレシピのものばかりつくっているんだね、と。もちろん、千夏さんのお父さんである店長のことは尊敬してますし、僕は店長から受け継いだレシピを忠実につくっているだけです。けれど、中村さんは、僕にはもっと可能性があると言って、さらにコックとして高いところへ行ける場所を、用意してくれています。千夏さんが、迷わず僕と結婚してくれると言ってくれれば、僕はあなたと、なかなかまどの存続に力を尽くしましょう。だけど、そうでないなら――」

「時間を、ください」

私は苦し紛れに言った。紺堂は苦笑した。

「その言葉、もう三回目ですよ？」

「ごめん、なさい」

「中村さんが、僕に待つと言ってくれた期限は、一週間です。僕も返事の準備があるので、千夏さんから五日後に答えがほしいです。もし千夏さんが、結婚しないというのなら、僕は、中村さんの提案を真剣に考えます。そう思っていてください。替わりのコックは、紹介します」

紺堂はそう言うと「帰る準備しますね。五日後の、一月二十四日に、千夏さんの答えを教えてください」と言ってロッカールームへと消えた。私は厨房に一人残されて、ぼんやりすることしかできなかった。

ななかまどの売上が下がっているいま、紺堂に抜けられるのは大きすぎる痛手だ。先日から、ななかまど存続への思いを、私はなんども自分の心に問いかけ、強く確かめなおしてきたところだった。

ふっとスマホを見ると、丹羽からLINEが入っていた。

『こないだ、言い過ぎた。ごめんね。明日定休日だったよね。会える？』

そういえば、丹羽に東京へ行くか行かないかの返事もまだしていなかった。大きく気持ちがななかまどに傾いているいま、大好きだったはずの丹羽への想いをどう扱ったらいいか、私にはわからなくなっていた。

『会えるよ。私こそごめんね』

そんな風に返信したあと、私は泣きたくなりながら、厨房の電気を消して二階に上がった。

翌日、丹羽と香林坊（こうりんぼう）東急スクエアに入っているスターバックスで待ち合わせした。丹羽はエスプレッソ、私はホットのチャイを頼み、二人で席に腰掛けた。

「手、具合はどう？」

丹羽が心配そうに訊いてきたので、私はほっとして言った。

「大丈夫。もうほぼよくなったから、日常生活にも仕事にも支障ないよ」

「そりゃよかった」

先日喧嘩したときのわだかまりはお互い溶けて消えたようだったので、安心した。

「ななかまどの仕事も楽しくやってる？」

「うん、楽しくやってるよ」

丹羽には競合店ができてピンチになっていることや、紺堂から結婚の選択を迫られていることなどを言うのは憚(はばか)られた。丹羽にはお店のことはよくわからないだろうし、あまりこの期(ご)に及んで弱いところを見せたくなかった。

ふいに丹羽が言った。

「俺、ちなっちゃんに、東京行きの返事を焦らせないようにしようと思って」

「え、――それでいいの？」

私が思わずそう言うと、丹羽が優しい目をして言った。

「だって、自分がもし一番大切にしてきたものと、もう一つ大切にしたいものの二つで、どっちか取れって言われたらそりゃ迷うもん。答え、そう簡単に出せないかもしれないと思ってさ。だから、三月末ぎりぎりまで、ちなっちゃんのことは、俺待ってるから。ちなっちゃんと喧嘩してる間、冷静になったらそんな風に思えてきた」

「丹羽さん……」

丹羽の思いやりが伝わってきて、ほっと心が温まった。丹羽は真剣に私とななかまでのことを考えてくれている。そのことがただ、嬉しかった。

「ねえ、兼六園行かない？　いま雪ですごく綺麗なんじゃないかと思って」

「え、行きたい。行こうよ行こうよ」

私は丹羽の提案にはしゃいだ声を出した。無理にでも元気を出さなくちゃと、そんな気分になった。

スターバックスを出ると、雪の気配を含んだ冷たい北風が、頬に吹きつけてきた。香林坊から広坂のほうへ出て、兼六園の入口の一つ、真弓坂口で観覧料金を支払い園内に入った。

兼六園は、金沢一といっていいほどの観光名所で、春には桜、夏にはカキツバタ、秋には紅葉、冬には雪吊り松と、四季折々の美しい姿を見せてくれる日本庭園だ。園内はすっかり雪景色で、真っ白ななかを丹羽と二人で歩いた。

時雨亭の前を通り、霞ヶ池までくると、兼六園のシンボルともいえる徽軫灯籠や唐崎松も粉砂糖のような雪をかぶっていた。唐崎松には、金沢の冬の風物詩である雪吊りがほどこされている。雪吊りとは、雪の重みで木の枝が折れるのを防ぐために樹木に支柱を立てて、枝を縄で吊るというものだ。遠くから見ると、支柱の先端から縄が放射状に枝に張られて、松の木の上部を円錐状に縄が取り囲んでいるように見える。

地元が金沢の私にとっては、何度も見た光景だけれど、丹羽の隣で見ると、いつもよりもさらに幻想的で美しく思えた。

「雪吊り、綺麗だねえ」

私が思わず声を漏らすと、丹羽も「そうだね」と言った。

「金沢には素敵な日本文化がいっぱいあるから、俺、この街に来て本当によかったよ。ちなっちゃんにも会えたしね」

その言葉を聞いて、そっと丹羽に寄り添った。

「春になったら、桜が」

そう言いかけて私は口をつぐんだ。春には丹羽のそばにはいられないかもしれない、そう思ったら、悲しくなった。

「東京にも桜の名所いろいろあるよ。目黒川の桜とか、千鳥ケ淵公園もすごいし。一緒に見られるといいね」

うん、と頷いたものの、それ以上は何も言えなかった。心の中で、ななかまどのこれからと、紺堂にしなくてはいけない返事が、重たくわだかまっていた。

真っ白な雪景色を目に痛いほど焼きつけながら、時間を止めるスイッチがあるなら、いますぐ押したいと思った。冬は寒くて苦手だけど、今年ばかりは永遠にこの冬に閉じ込められていたかった。春が来るのがずっとずっと先だったらいいのに。そんなことを考えた。

3

紺堂に返事をする前日である一月二十三日は、母の命日だった。母が亡くなって、ちょうど五年が過ぎたのだ。霙(みぞれ)混じりの雪が降る寒い日だったけど、高瀬さんと紺堂に店を預かってもらって、父と一緒に墓参りに出向いた。

母の眠るお墓にたどり着いた私は、仏花(ぶっか)を供えた。線香は、この風雪のなかでは火をつけることはかなわなかった。父と二人、手を合わせて一心に、母が安らかでありますようにと祈る。

心の中で、母に話しかけてみた。

(ねえ、母さん。私、なながまどがやっぱり大切みたいだよ。母さんは、父さんと見合いをする前に、素敵だと思っていた人とどう折り合いをつけたの——?)

もちろん母からの返事は返ってこなかったけれど、私はお墓に積もる雪をはらいながら、胸の内に一つの想いが小さな光を持ちはじめるのを感じていた。

「千夏、風邪ひかないうちに帰るぞ。俺たちまで肺炎になったら、陽子に笑われるからな」

「父さん」

「なんだ、千夏」

「私、紺堂さんからプロポーズされた。受けようかと思ってる」

「丹羽ちゃんのことは」

「うん。――私気付いたの。やっぱり、私のいちばんやりたいことは、ななかまどを続けることなんだって。子どものときから、きっと運命で決まっていたのよ。それくらい自分のなかでは、ななかまどを継ぐという夢はゆずれないものだったみたい。丹羽さんが私に振り向いてくれて、信じられないくらい嬉しかったけど、でも、私……」

父が、雪のついた手袋のまま、私の頭をぽん、ぽん、と撫でた。

「それでいいんじゃないか。丹羽ちゃんとのことでもめたら、俺が出てやってもいいぞ」

「大丈夫だよ。丹羽さんと、きちんと話をするから」

その言葉を言いながら、すでに丹羽を想って胸は痛み始めたが、それでも、自分の中での一番の優先順位は、ななかまどを守ることだ、母のお墓の前で、はっきりとそれがわかった。

その日は帰ると、ホールを守っていてくれた高瀬さんと交替し、夜までウェイトレス業務をやった。紺堂が帰ってから熱い風呂を沸かして、湯船に浸かった。風邪なんてひいている場合じゃないから。

そのまま就寝したら、母の夢を見た。

(千夏、千夏)

母が心配そうにこちらを見て何事か言っている。私がいつも無茶をしたときにする顔をしていた。

(なぁに、母さん。全然、心配することじゃないって)

(千夏、それでも、あなたはね、いつも——)

「大丈夫、だから」

自分の発した言葉で目が覚めた。時計を見ると「一月二十四日五時三十六分」だった。母の夢を見たのは、どれくらいぶりだろう。そう思いながら起き上がった。昨晩温かいお風呂に入ったから、足先も手先も冷たくはない。私はこのまま起きることにした。

夢のなかで母と話した内容を思い出したかったが、無理だった。ぼやけてあやふやで、話したことを全然記憶できていない。

「今日は、紺堂さんに、返事をしなくちゃ」

これでいいんだと、もう何回自分に言い聞かせただろう。なかまどを守るためには、どう考えても、紺堂を引き留めて二人で店をやっていくことがベストだった。

それに、紺堂の人柄は、言うまでもなくいままでの言動からわかっていた。自分にはもったいないくらいの、すごく優しくて頼もしい人だ。そして丹羽には、東京で自身の夢に向かうスタートが待っている。私とのことが思い出になっても、きっと丹羽はがんばっていってくれるだろう。胸の内でそう繰り返しながら、苦しさに耐えるしかなかった。

十時前、開店準備をしていると、紺堂が裏口から現れた。

「千夏さん、おはようございます。外、大雪ですよ」

「車、大丈夫でしたか？」

「ええ、なんとか出せました。なかまどの駐車場も、融雪装置があるとはいえ、雪かきしないとですね」

「そうですね、一緒にやりましょう」

いつもの会話を交わしながらも、今日はいつもの日とは違うという緊張感が、二人の間に走っていた。ふとした瞬間に目が合うなり、まっすぐに見据えられた。

「千夏さん、今日が期限日です。あなたが僕を選ばなかったら、僕はこの店から出ていきます。そう決めました」

その目に宿る真剣さに、応えないといけなかった。

「……」

私がうつむいて発した蚊の鳴くような声に、紺堂が訊き返した。

「いま、なんて。聞こえませんでしたが」

「――行かないで、って、言いました！」

「それは――」

自分の発した声が思っていたよりもずっと激しい悲痛さをともなって響いて、驚いた。紺堂が、ゆっくりとこちらに歩み寄ってくる。

「――私、紺堂さんと、お店をやっていくって決めました。私の夢は、最初から今までずっと、なかなかまどをやっていくことだとようやく思い知りました。その夢を叶えるためには、紺堂さんにそばにいてほしいんです」

「千夏さん……」

気丈に振舞おうと思っていたのに、私は泣いていた。涙はあとからあとからこぼれて、ぐちゃぐちゃの感情のまま言いつのった。

「あなたがそう言うなら、僕はここに残ります。――ごめんなさい、意地悪、言いました。僕を、どうかこれからもなかまどに置いてください。そして、こんなことを聞くのは大変悪いのですが、丹羽くんとは――」

「別れる、つもりです。近々、話をしに行きます」

「一人で大丈夫ですか」

「一人で行かせてください」

紺堂がそろそろと両腕を広げ、壊れものでも扱うように私を抱き包んだ。

「千夏さん、大切にします。――本当です。困ったな、こんなときに気の利いた言葉が出てこない」

「そんな、言葉いらないから」

紺堂の大きな腕に抱きしめられたまま、私たちは二人して身じろぎもせずに、雪で反射してまぶしい朝の光のなか、厨房に立ちつくしていた。

その二日後の定休日の日、私は丹羽の部屋を訪ねた。あらかじめ「丹羽さんの家に行くから」とＬＩＮＥで丹羽にも予定を合わせてもらっていた。

雪道をざくざく歩いて、丹羽のアパートへ向かう途中ずっと、胃がしくしくと痛かった。アパートの外階段を上り、丹羽の部屋のドアをノックした。

「ちなっちゃん、待ってた」

私の顔を見てにこにこしている丹羽の表情に、泣きそうなくらいの安心を覚えたが、これから自分がその笑顔を曇らせてしまうと思うとつらかった。

私を部屋に招き入れるとすぐに、丹羽が言った。

「お湯沸かすから、紅茶と緑茶、どっちがいい？」

「丹羽さん、ごめん。今日は話をしにきたの」

私がそう言うと、丹羽はけげんな顔をした。

「東京行きの話？──まだ返事待てるってこないだ言ったけど？ 俺」

私は一気に言わないといけないと思い、丹羽に告げた。

「丹羽さん、ごめんなさい。私、やっぱりなかまどを守るから、東京へは行けない。だから──丹羽さんとも、別れる」

丹羽はお湯を沸かそうとしていたヤカンをコンロに置き直すと、私に近づいてきた。

「ななかまどを守る、っていう話はわかるけど、春までは恋人同士の約束だったでしょ。なんで急にそういう風になるの」

丹羽は私に訊いてから、はっとしたようだった。

「もしかして、紺堂と、何か――」

「ななかまどをやっていくためには、どうしても紺堂さんが必要なの。だから、私――」

その先がどうしても丹羽を傷つけそうで言い淀んでいる私に、丹羽が静かに言った。

「紺堂と、結婚する？」

こくりと頷いた私を見て、丹羽は「あー」と言った。

丹羽はしばらく黙り込んでから、私に言った。

「そうなるんじゃないかと、俺、どっかで最初から覚悟してたよ。ちなっちゃんは真面目だから、ななかまどを守るために、その決断しそうだなって。わかってた、わかってたけど、やっぱりキツいな……」

「本当にごめんなさい」

「何度もごめん。もう本当に俺とは終わりなんだよね？」

震えながら、頷いた。

丹羽は大きく息をつくと、私に言った。

「――ちなっちゃんは、相談もしないで全部一人で抱え込んで、全部一人で決めちゃうから、それ悪いクセだよ。言っておくけど」

丹羽の言葉に、身がすくんだ。丹羽はいいつのる。

「この期に及んで、ものわかりいい奴になんかなりたかないけど――」

そのあとの丹羽の言葉が私の胸に刺さった。

「ちなっちゃん、紺堂には、もうちょっと甘えてやんなよ。紺堂いい奴だからさ、きっとちなっちゃんのこと、大切にしてくれるよ。すげー悔しいけど」

私は必死で涙をこらえた。傷つけたのは私なんだから、私が泣いたらいけないと思った。

「ごめんなさい。本当に、ごめんなさい」

繰り返しその言葉を口にする私に、丹羽が言った。

「まあ、ちなっちゃんの告白聞けただけでも、俺嬉しかったし。東京へ行っても、ずっとちなっちゃんの言葉がお守りみたいになると思うよ。そんな言葉をくれて、ありがとう」

まさか丹羽にそう言ってもらえるとは思わなくて、胸が苦しいほどいっぱいになった。

立ち去らなきゃ、丹羽の部屋から、本当に泣いてしまわないうちに、出て行かなきゃ。そう思うのに、どうしても足が動かない。本当は一分一秒でも長く、丹羽と一緒にいたかった。

私の気持ちを察してか、丹羽がしっかりとこちらを見据えて言った。

「もうちょっと真面目じゃなくなってもいいのに、とちなっちゃんに言っても無理なんだろうな。ななかまどを続ける夢、俺も応援してるから、だから、選んだならがんばれ。――俺のことは気にしないで、もう後ろは振り向くな」

「ありがとう、丹羽さん」

そう言うのが精一杯で、やっとのことで顔を上げ、丹羽を見ると、彼の目にも涙が浮かんでいた。これ以上、丹羽の悲しい顔を見ていられない。

「ごめんね、帰る」

そう言うと、私はドアを開けて、後ろ手で閉めた。丹羽の顔が視界から消えると、どっと涙があふれてきた。そのまま、雪道を泣きながら帰った。人とすれ違うたびにじろじろ見られたが、もう丹羽と二度と会えないと思うと、感情を押し込めることなど到底できず、泣きはらした顔で、ななかまどまでの道を歩き続けた。

紺堂からのプロポーズを受けたこと、丹羽に別れ話をしたことを、お客さんがいないときに話すと、高瀬さんはひどく心配そうな顔をした。

「千夏さん、大丈夫ですか。大好きな人と別れるだけでもつらいのに、紺堂さんとお付き合いを始めるだなんて……私も、夫と別れたときは、苦しくて苦しくて大変でしたよ。どうかあまり無理しないでくださいね」

「売上が落ちてるんです。多少無理もしないと、ななかまどを続けられないですから」

必死に笑顔をつくった私を見て、高瀬さんはまるで自分が痛々しい目に遭ったような顔つきをした。

「千夏さんががんばりやさんなところは、私も尊敬してますけど。でも、何かつらいこと、吐きだしたいことがあったら、すぐに言ってくださいね。私はいつだって千夏さんの味方ですから」

「ありがとうございます、高瀬さん」

いまは、ななかまどの売上を回復させることだけ考えていよう。私はそう思って顔を上げた。丹羽の面影(おもかげ)がまだ頭のなかをちらちらして、すぐに涙が浮かびそうになる。だけど『選んだならがんばれ。もう後ろは振り向くな』と私に言ってくれた丹羽の言葉だけが、ぼろぼろになった心の中での唯一の支えだった。

七皿目　苦くて甘いチョコブラウニー

1

二月上旬のひどく寒い夜のこと。ななかまどに閉店時間がせまる夜九時前、私は先ほど帰ったお客さんの食べ終えたお皿を洗っていた。ふっと手元が陰ったかと思うと、後ろから紺堂がのぞきこんでいた。

「僕も手伝いましょうか」

「いいですよ、あとちょっとで洗い終えますから」

「では、お皿を拭きますよ」

紺堂は私の隣で、布巾を手に取り、ゆすいだばかりの皿を拭きはじめてくれた。ほんのちょっとのささいな雑用でも、率先して「やりますよ」と言ってくれる紺堂に、私は胸が温かくなった。

二人で並んで作業をしているさなか、紺堂の腕に私の腕が軽くぶつかった。

「ごめんなさい」

「いえ」

ぱっとお互いに体を引く。引きながら、こういうところの緊張感ってお互いになかなかとれないな、と思った。紺堂のことを、いずれ結婚する相手だと意識すればするほど、少し挙動が微妙な感じになってしまう。

「あのっ」

紺堂が口を開いた。

「僕、千夏さんと今度の定休日に、どこか金沢らしいところでデートしたいんですが、どうですか？」

一瞬言葉につまった私に紺堂は慌てると、とりつくろうように言った。

「あ、でも、まだ丹羽くんと別れて日が浅いのに無神経でしたね、すみません」

紺堂の気遣う気持ちが伝わってきて、私は微笑んだ。

「いいですよ、行きましょう。——ひがし茶屋街とかどうですか。美味しいお抹茶を出してくれる茶房があるから、行ってみませんか」

紺堂はほっとした様子で、私にぎこちなくも笑いかけた。

「千夏さんが、僕にこうして真摯に向き合ってくれるの、すごく嬉しいです」

「それは、紺堂さんが、ちゃんと私の気持ちまで考えてくれてるからですよ」

私たちは微笑みあった。お互いを決して傷つけまいとしつつも、そろそろと距離が縮まっていく感じがする。

外は雪に降りこめられている二月だけれど、丹羽との別れで心がじくじくといまだに痛みつつも、紺堂の優しさに日々救われていた。

最後のお客さんが帰り、閉店準備を終えると私は紺堂に声をかけた。

「外、たぶん道凍ってるから気を付けてください。また明日」

「千夏さん、おやすみなさい」

紺堂はそう言うと、コートを着たまま私を軽く抱きしめた。一瞬、顔が近づいてきて、すぐにためらったようにして離れた。キスをしようとしたけど、自制したようだ。きっと、丹羽との別れから日が経っていなさすぎると判断したのだろうと私は思った。

「おやすみなさい、紺堂さん」

無理やりに私の気持ちを奪おうとはしない紺堂に、胸がちょっときゅっとなった。——その優しさにあふれているところ、とってもいいと思う。

紺堂は少し名残惜しそうにしながらも、雪の夜の中を帰っていった。

約束の日、紺堂と二人、車に乗ってひがし茶屋街へと出た。真冬の平日なのに、有料パーキングはそれなりに混んでいて、さすが観光名所という感じがする。車を降りると、ひがし茶屋街へと向かう路地に入った。

ひがし茶屋街は、九十軒以上の伝統的建造物――金澤町屋が並ぶエリアだ。近江町市場から歩いて十分ほどの橋場町から浅野川大橋を渡り、バス通りから路地を入ったところにある。江戸時代後期から明治時代初期の茶屋建築が残っていて、和の心を感じるには雰囲気抜群の場所だ。

町屋カフェに、金箔入りのあぶら取り紙や化粧品を扱うショップ、漆器や九谷焼といった伝統工芸のお店などが軒を連ねている。

私たちはその中で、和小物の店に入った。ふと私は入口ギャラリーに飾ってあるシュシュの可愛らしさに目を奪われた。私がじっと見ていると、店員さんが声をかけてくる。

「このシュシュ、アンティーク着物のはぎれを使ってつくっているんです。観光客のみなさんにもとても人気で、どの柄も一点ものなんですよ」

紺堂が上からひょっとのぞきこみ、私に笑いかける。

「ほしかったら、買ってあげましょうか？」

いいよ、と遠慮しかけたが、ふいに丹羽の言った『紺堂には、もうちょっと甘えてやんなよ』という言葉を思い出し「じゃあ、ほしいです」と言ってみた。

「どれにいたしましょう？」

店員さんが飾ってあったもののほかにもいろいろシュシュを出してきてくれて、選ばせてくれた。私は、ベージュの地に赤い椿と緑の葉の柄が散っているシュシュを手にとった。

「鏡で合わせてみたら」

そう紺堂が言うので、お店の人に断ったうえで、髪を結んでいるあたりにシュシュをかざして鏡に映してみた。

「とってもお似合いですよ。お二人は、ご夫婦？　金沢には観光で？」

そう店員さんが聞いてきて、私はどう答えようか一瞬ためらったが、紺堂が笑って言った。

「近々、結婚する予定なんです。――観光客ではなくて、僕らは金沢在住で」

結婚する、と言い切った紺堂に、ちょっと強引かな、と思いつつも、私もぎこちなく微笑んだ。

「冬は少ないですけどね、茶屋街を花嫁行列が通ることもしばしばなんですよ。卯辰山の山麓にある宇多須神社で式を挙げて、茶屋街を『花嫁道中』っていって練り歩くんです」

店員さんがそう教えてくれると、紺堂は私を見て言った。

「千夏さんは、結婚式の衣装は和装でも洋装でも、どちらでも綺麗でしょうね」

なんと答えていいかわからず、私はただ微笑むだけにとどめておいた。

そのあとは、前に友人と行って美味しかった茶房へと入り、お抹茶と上生菓子を頼んで二人で食べた。上生菓子は季節の花をモチーフにこしらえてあり、九谷焼の茶碗に熱いお抹茶が入っている。

紺堂がとても満足そうなので、私は心の中で（よかった）と胸をなでおろした。自分はすでに何度も彼を傷つけているのだから、これからは気を付けなくては、と思った。

翌日、高瀬さんがいる昼間の時間に、私、紺堂、高瀬さんの三人で、売上回復のための作戦会議を開いた。

「やっぱり、新規顧客の開拓――ありていにいえば、新しいお客さんにもっと来てもらうことですよね」

紺堂が言った。続けて「新しいお客さんが来てくれて、その人たちが固定客としてついてくれれば」と腕組みをした。

高瀬さんが口を開く。

「新しいお客さんを呼ぶには、やはりＳＮＳじゃないでしょうか。ツイッターとかインスタグラムとか、お店のアカウントをつくって、フォロワーを増やすんです」

「高瀬さん、詳しそうですね。私、教えてもらえるのなら、それやってみたいです」

「私だってそんな詳しいわけじゃないですけど、両方とも自分用のアカウントは持っていますし、ある程度なら教えられると思います。ぜひ、やりましょうよ」

私も続けた。

「私が考えていたのは、観光客の方とか、地元の常連さんがなかまどに寄ってくれたときに、買って帰れるお菓子の手土産を置いたらどうかなっていうことですね」

「それいいですね、ケーキとかクッキーとか、お料理を食べたついでに買えるとしたら、私絶対リピーターになっちゃいます」

高瀬さんも賛成した。紺堂は続けて言う。

「お菓子は僕がつくってもいいですが、ちょっと手いっぱいなので、思い切って頼めそうな先があれば外注してもいいかもしれませんね」

「私、大学の友達とかにも聞いてみて、そういうの発注できそうな先を探してみます。あとね、私『レストランサービス技能士』の資格を取ったり、いままでの帳簿をデータ化したり、経営の本をもっと読んだりしようと思ってるんです。きっと、お店をやっていくうえで損しないと思って」

「千夏さん、いろいろ詰め込みすぎじゃないですか？」

「そうですよ、そんないっぺんにやらなくても」

紺堂と高瀬さんが慌てた様子で私を止める。

私としてはなるべく忙しくして、丹羽の存在を少しでも頭の中から追いやっていたいというつもりだった。ななかまどにできることを一つでも多く考えて、失くした恋の痛みを忘れていたいのだった。


店が閉店したあと、私はノートパソコンを自室で開くと、いままでの手書きの帳簿をエクセルに付け直す作業を始めた。グラフ化すると、たぶんわかりやすくなるだろう。寝る時間まで、毎日一時間ほどそういうデータ化作業をしたり、書店で何冊か購入した店舗経営の本を読んだりすることにしたのだった。紺堂や高瀬さんは心配そうにしていたが、一つでもやらなければいけないことがあるというのは助かっている。

いまだってふっと油断すると、あの日に見た丹羽の目に浮かんでいた涙のことを思い出して、つらくなってしまうから。

キーボードをかたかた打ちながら、私はいままで『ななかまどを継ぐ』と周りに宣言しておきながら、何一つ本気で勉強しようとしていなかったのだな、と思った。いまは、ななかまどのためにできることを一つずつ固めていこう、そう思いながらお腹にぐっと力を入れた。

その日の勉強をすませて、お風呂を入れた。寒い冬の間はお風呂で体を温めないと眠れない。脱衣所で服をぬぎ、ふと思い立って体重計に乗った。デジタルの液晶画面に示された数字は、前に計ったときから二キロ落ちていた。

「忙しくしてるから、かな。たぶんそうだろうな」

そうひとり言を言った。丹羽と別れた痛手が影響していることはわかっていたけど、それは認めたくなかった。自分はそんなに弱くはない、そう思っていないと、この先ななかまどのためにふんばれないと思った。

温かいお風呂につかりながら「ようし、やるぞ」と自分自身に向かって言った。それが空元気にすぎないことは、ずっとあとからじゃないと私にはわからなかった。

2

二月八日に、ななかまどのインスタグラムアカウントを、高瀬さんと一緒に開設した。高瀬さんはその日、普段の出勤時間よりも早く来てくれて、アカウント作成を一生懸命やってくれた。

「プロフィール写真は、やっぱりお店の外観がいいですかね？」

「お店の看板とか、写真撮ってきましょうか」

「はい、でも写真が肝なので、上手く撮らないと」

「がんばってみます」

私は外に出てなかかまどの看板を何枚かスマホのカメラで撮影してみた。その中の一枚を高瀬さんと選び、プロフィール欄を作成した。

■洋食屋なかかまど
■金沢市桜町の洋食レストラン
■営業時間（平日）午前十一時〜午後二時半　午後六時〜午後九時
（土日祝）午前十一時〜午後九時
木曜定休
■日替わりランチ、今夜のディナー、毎日投稿しています　お楽しみに！
■金沢市桜町□―△　電話０７６－×××－××××

プロフィールの最後にはグーグルマップのリンクを貼った。

「今日の日替わりランチはエビクリームコロッケですし、ディナーはハヤシライスでしたよね。もう文面を考えておきましょう。写真は紺堂さんの料理ができてから撮って投稿しませんか」

高瀬さんがそう言うので、私は慣れない作業に頭をひねりながら、見せてもらったほかの飲食店のインスタアカウントを参考にして、文章を書いてみた。

「今日の金沢も雪模様ですね〜！　日替わりランチはエビクリームコロッケです！　寒い日に熱々のコロッケ、美味しいですよ。優しい味のクリームにエビの風味が移って、最高です。#金沢　#洋食屋　#レストラン　#クリームコロッケ　#なんとエビが入ってます　#スタッフ2名もお気に入り　#ぜひ食べに来てください」

「今夜のディナーはハヤシライス。トマトをたっぷり使って、デミグラスソースの豊潤なコクがよりいっそう引き立っています。メニュー表にはありませんが、特別メニューのオムハヤシもできますので、お申しつけください。なくなり次第終了です！　#金沢　#洋食屋　#レストラン　#ハヤシライス　#トマト大好き　#オムハヤシもぜひご注文を　#なくなる前に食べに来て！」

昼前に、紺堂が写真撮影用にと早めにエビクリームコロッケを揚げてくれたが、なかなか写真がいい感じに撮れない。悪戦苦闘していると、父が厨房に顔を出して言った。

「貸してみろ。こういうのは、光の加減が大事なんだ。お前の写真はみんな自分の影が料理に落ちているだろう。こんなのはダメだ」

そう言うと、スマホを私から奪いとり、エビクリームコロッケの写真を撮ってくれた。

「あ、すごくいい感じに撮れてる」

「俺は大学時代写真サークルにいたんだぞ、これでも」

「それ、はじめて聞いた。じゃあ、店長は写真担当でお願いします」

お店の開店前にエビクリームコロッケの写真と文面を合わせてインスタグラムに投稿すると、私は言った。

「ごめんなさい、ランチタイム終わったら二時間ほど留守にしますね。なかなかどに置くお菓子を発注したいと思っている方に今日は会ってくるんです。高瀬さん、紺堂さん、よろしくお願いします」

「はい、了解です」

「わかりました」

ランチの時間が済んで店をいったん閉めたあと、私はななかまどを出ると、桜町のバス停から駅方面のバスに乗った。今日は金沢駅構内のカフェで、平井真里（ひらいまり）さんというお菓子づくりの得意な主婦の方と初顔合わせだ。大学のスイーツ好きの友達に「美味しいお菓子の発注先を探しているんだけど」と聞き回った結果、そのうちの一人が平井さんと仲良しで紹介してもらえた。メールで事前に平井さんにアポを取り、今日待ち合わせとなった。

雪道でがたがたと揺れるバスの中で、私はふっと「オムハヤシ、丹羽も食べたがるだろうな」と考えてしまって、慌てて頭からそのことを追いやる。もう自分は丹羽に連絡をとれる立場ではなかった。ついこの間のように「オムハヤシ食べに来て」と気軽に言える関係ではもうないのだ。そのことは身を切られるように寂しかったが、自分が招いたことなのだから、受け止めなければいけないと思った。

少し早めに約束のカフェに着いてお店の前で待っていると、ほどなくして二十代後半ほどの女性が現れた。今日の私の服装はあらかじめメールで伝えてあったので、相手もすぐに私が約束していた人とわかったようだ。上品な雰囲気でおっとりした感じの人に見えた。

「平井です。このたびは、お会いできて嬉しいです」

「洋食屋ななかまどの、神谷千夏と申します。今日はご足労いただきありがとうございました」

カフェ内に入って、それぞれ飲み物を注文すると、さっそく本題へと入った。

「大学の友人に聞いたのですが、平井さんはお菓子をつくって写真をインスタグラムに上げているうちに、お仕事につながったそうですが、素敵なお話ですね」

平井さんは、花のつぼみがほころぶように笑った。

「最初はただ、インスタで人のつくったお菓子写真を見ることだけが楽しかったのですが、自分も製菓学校でお菓子づくりを学んだことがあり、投稿してみたくなっちゃって。投稿が百回を超えたころから、すごくフォロワーが増えて、少しずつレシピ作成やお菓子のイベントなどのお仕事をいただけることになりました」

「実は、私のお店も今日インスタのアカウントをつくったところなんです」

「本当ですか？　ぜひフォローさせてください」

私たちはスマホを取り出して、お互いのアカウントをフォローし合った。はからずも、洋食屋ななかまどアカウントの、最初のフォロワーが平井さんとなってなんだか嬉しかった。平井さんは目を細めて言った。

「私、エビクリームコロッケ大好きなんです。今度、また日替わりで出てきたときにぜひ食べにいきたいです」

「ぜひ！　それで、私からのお願いというのは、メールにも書いたとおりでして、うちの店、洋食屋ななかまどに、平井さんのお菓子をぜひ置きたいんです。大学の友人に平井さんのインスタを見せていただいたんですが、まさにイメージ通りで。自分がななかまどに置きたいお菓子ってこういうのだな、と」

平井さんの投稿写真に載っているクッキーやパウンドケーキは、良い意味で気取りがなくて、ホームメイドの雰囲気があり、ななかまどで私が打ち出したいと思っているイメージとぴったりなのだった。私は平井さんにふるってそう伝える。平井さんは、嬉しそうな顔をすると、答えてくれた。

「二週間に一度くらいなら、できそうな気がします。先日、メールでお話を伺っていたので、試作品をいま持ってきたんです。召し上がってみて、こんなイメージや味のものがほしいとかは、また言っていただけたら」

平井さんはバスケットの中から、ビニールで包装されたお菓子をいろいろと取り出した。

「こっちがブルーベリーのスコーンで、こっちがあずきのパウンドケーキ、こちらがキャラメルクッキーです」

「ありがとうございます、お店でスタッフといただいてみて、早急にご連絡しますね」

「お願いします」

最後に、平井さんと販売価格と仕入額の目安の話をして、打ち合わせを終えた。

カフェを出て一緒にバス乗り場まで歩きながら、平井さんが言った。

「いまはとにかく、バレンタインデーが近いので、チョコレートのレシピ特集のアイディアを出してだとか、そういうお仕事が多いですね」

バレンタインデーの言葉に、私の胸は痛んだ。丹羽とクリスマス前に付き合い出したけど、結局バレンタインデーまで持たなかった。いまそばにいるのは紺堂だから、彼に何か渡さなければいけないのだけど、そのことを思うと胃がちょっとだけぎゅっとひきつった。

「千夏さんは、誰かに渡すんですか？　チョコレート」

無邪気にそう聞かれて、私は上手く笑顔をつくることができなかった。それで、

「平井さんは、どなたかに」

と訊き返した。平井さんは幸せそうに笑って言った。

「去年結婚したので、夫に渡します。恋人時代のドキドキはもう薄れちゃいましたけど、まあ楽しいイベントですよね」

変なことを聞いてしまった、と私は反省した。平井さんは結婚してらっしゃるの

だから、パートナーに渡すのは当たり前のことなのだ。でもいまの私には、そのありきたりで普通の幸せがひどくまぶしく思えた。

深々とお礼をして、バス乗り場で別れた。今日の打ち合わせが実りあるものになってよかったと思いながら、私は帰りのバス時刻をいま一度確認した。

なかまどに帰ると、高瀬さんが笑顔で出迎えてくれた。

「千夏さん、フォロワー五人になりましたよ。ハッシュタグでフォローしてくれた人がいたのかもしれませんね。お店のお席にも、インスタ始めました、っていうPOPを置かないといけませんね」

「高瀬さん、いろいろ考えてくれてありがとうございます。お菓子の発注も、無事にできそうですよ。平井さんから、試作品のお菓子いただいてきたから、あとでみんなで試食しましょう」

「私、もっとインスタでの集客について勉強してみます。たとえば食べにきてくれた方が『#洋食屋なかまど』で、インスタに投稿してくれたら、ドリンクを一つサービスするとか」

「それいいですね。私もいろいろ試してみたいから、やってみましょうよ」

夜、お店が終わってから、平井さんにパソコンからメールした。スタッフ全員で、試作品のお菓子を美味しくいただいたこと、ぜひ、なかなかまどにお菓子を卸してもらいたいこと、平井さんのお名前も出して宣伝したいことなどをつづった。送信ボタンを押すと、私は息をついた。寝る前の習慣となり始めた帳簿のデータ化作業をしたあと、お風呂に入って布団に入った。体重計は数字を見るのにためらって乗れなかった。

アカウントを開設して三日が経ち、フォロワーがほんの少しずつだけど増えているのを嬉しく思いながら、ランチタイムとディナータイムの間の時間「ちょっと買い物に行ってくる」と外出した。バスで香林坊の大和デパートまで出向くのだ。バレンタインフェアが目当てだった。

バレンタインまであと四日となり、デパートに設営されたフェア会場は女の子たちでにぎわっていた。赤やピンクや金色の綺麗な包装紙にくるまれたチョコレートが、華やかに陳列されている。試食販売をしていたので、渡されるがままに口に入れてみて、私はふと首をかしげる。

(こういうチョコレートって、濃厚なものなのに、なんだか味がよくわからないな)

そう思いながらも人が後ろからどんどんやってくるので、そのことはすぐ忘れてしまって道をゆずった。

人混みにもまれているうちに、疲れが出たのかふっと目の前が暗くなった。気が付いたら、私はふらっと壁に寄りかかっていた。ちょっと立ち眩みを起こしたようだった。

青い顔をしている私の様子に気付いた三十代くらいの女性が、「大丈夫ですか」と駆け寄って「椅子に座ったら」と、誘導してくれた。

「すみません、ちょっと気分が。ありがとうございます」

私はそう言うと、座って体調が回復するのを待った。待ちながら、フェア会場ではしゃぎ騒ぐ女の子たちを見ていた。みんな、好きな人に渡すのかな。それとも友達同士で交換するのかな。お父さんや兄弟に渡す子もいるんだろうな。そう思い巡らしながら、幸せそうに見えるお客さんたちをずっと眺めていた。

3

紺堂へのバレンタインプレゼントを買いに行った翌日、私の顔を見た高瀬さんが心配そうに言った。

「千夏さん、なんだか痩せたんじゃないですか？　顔、小さくなってますよ」

「うーん」と私は言った。

「そうですね、ちょっと痩せたかもしれませんね」

「やること多すぎじゃないですか？　少しセーブしたほうが」

「忙しいほうが気がまぎれるんです。心配しないでください」

「やっぱり千夏さん、丹羽さんのことが」

そう言いかけた高瀬さんに私は苦笑した。

「丹羽さんのことはもう言わないでください。終わったことですから」

そう言って話題を切り替えた。

ディナーまでの休み時間、紺堂が夜の仕込みのブイヤベースにかかっていて、私は高瀬さんと味見をすることになった。

紺堂から小皿を渡されて、ブイヤベースのスープを一口飲むと私は首をかしげた。

「ねえ、紺堂さん。これ、塩加減薄くないですか？」

紺堂と高瀬さんは互いに顔を見合わせて、二人とも「いいえ」と言った。

「塩味は、ちゃんときいていますよ」

「魚介のダシもちゃんと出てますが、千夏さんは薄く感じるんですか？」

私は思いもよらぬ指摘にショックを受けた。そのまま押し黙っていると、高瀬さんも紺堂も表情を曇らせた。高瀬さんが言う。

「千夏さん、疲れてるんじゃないですか。このあいだも平井さんのお菓子を広報するとか言って、チラシのデザインを夜中まで考えたりしてたでしょう。あと、帳簿のデータ化ももっとあとでいいんじゃないですかって止めたのにやっているみたいだし。休息が足りてないんですよ」

高瀬さんにびしっと言われ、私はたじたじとなりながらも反論した。

「大丈夫。インスタにもフォロワー増えてきたところだし、こないだも『インスタ見たらまた食べたくなっちゃいました』って、常連の学生さんが戻ってきてくれたんですよ。いま努力を中断したら、また売上が下がっちゃいます」

「だからと言って、健康を害したら意味ないです」

「でも──」

かっとなって言い返そうとしたとき、また視界がゆらいだ。貧血だ、と思って、近くの椅子の背もたれにつかまろうとしたとき──紺堂の大きな腕で間一髪私は支えられていた。

「千夏さん、やっぱり休んだほうがいいです。──僕が夜は調理しながらレジ打ちするんで、千夏さんは二階で休んでください」

紺堂の言葉に続いて、高瀬さんが言った。

「紺堂さん、私、夜七時半くらいまでなら、出られるから出ます。隼太は私の母のところに行っているから大丈夫」

みんなに迷惑をかけてしまうことに情けなさを覚えながら、私は二階で休むことになり布団を敷いて横になった。誰にも話してなかったけれど、最近眠れない日も増えていた。

元気にならないといけないのに、歯車がどこか狂ってしまって、どうしたら元の自分に戻れるのかわからない。そう思いながら歯がみしていると、階段を上ってくる足音が聞こえた。

「千夏さん、失礼します」

紺堂の声に私が「どうぞ」と返事をすると、彼はお盆を持ったまま部屋に入ってきた。

「はちみつ入りのホットミルクです。体に優しいかと思って」

「……ありがとうございます」

私がミルクに口をつけるのを、紺堂はそばで見守っていてくれた。だけど、私はミルクを最後まで飲み切ることができなかった。三分の一ほど残ってしまい、紺堂に「せっかくつくってくれたけど、もうお腹いっぱい」と言うと、彼は目を伏せた。

「千夏さん、味覚がおかしくなってるんじゃないですか。立て込んできたら店長にも手伝ってもらうので、お店のことは心配しなくて大丈夫です。いますぐ高瀬さんと病院に行ってください。まだ午後は開いてますから」

「そんな、大げさな」

そう言いながらも（私、味覚がおかしくなってるんだ）と動揺した。そう紺堂につきつけられて不安になる。この間チョコレートの試食をしたときも、そういえば味がよくわからなかった。いったいどうしたら、と思っていると紺堂が断言した。

「行かないとダメです。——僕は、心配でたまらないです」

紺堂に押し切られるようにして、私は着替えをすますと、高瀬さんの車の助手席に乗って総合病院へと向かった。内科を受診することにして、番号札を取った。

「ごめんなさい、高瀬さん。今日はちゃんと時給分つけますね」

「そんなこと、いまはいいですから。とにかくお医者さんにちゃんと診てもらいましょう」

待合室の椅子にもたれて順番を待った。「三百九十五番、神谷千夏さん」と、受付から名前と受診番号を呼ばれたので、私は診察室の中に入った。

高瀬さんと二人で病院から帰ってくると、私は楽な服装に着替えをすませて、自室に紺堂を呼ぶと診断結果を告げた。

「心因性ストレスによる味覚障害じゃないか、って。――お医者さんは断定はできない感じだったけど、たぶんそうだって仰っていました。休息をとって心が元気になれば、自然と治りますって」

紺堂は「やっぱり」と言うと、私に告げた。

「とにかく今日は、ここで休んでください。七時半までは高瀬さんも出てくれるそうだし、あとは僕と店長で回しますから。温かくして寝ていてくださいね」

私は紺堂に懇願した。

「今日は休みます。今日は休みますけど、明日からはまたお店に出させて。私からなかなかまどの仕事を奪わないで」

「そんな、もちろんですよ」

「一人になって、考える時間がいっぱいあるのがいやなんです。だって、思い出してしまうから――」

「……丹羽くんを、ですか」

私は震えながら頷いた。「ごめんなさい」との言葉を添えて。

とたん、紺堂が強く私を抱きすくめた。紺堂の腕の力強さを痛いほど感じながら、私は苦しさでいっぱいになった。

「早く忘れたいのに、忘れられなくて、紺堂さんにも、たくさん心配かけていて。──私、自分がふがいなくてしょうがないんです。丹羽さんにも、紺堂さんにも、申し訳なさすぎてつらい」

「千夏さん──僕は自分の無力さを痛感しています。僕にできることは、本当になんなんでしょうか……」

私は声をしぼりだした。

「しばらく、こうしてて」

そのまま、私たちは微動だにせず、一つの影となって互いを抱きしめ合っていた。

結局、私はななかまどの仕事を翌日も休んだ。高瀬さんと紺堂と父が、ちらちら私の部屋まで様子を見に来てくれて、食べ物や飲み物を差し入れてくれた。

休んでいる間じゅう、味覚障害が本当に治るのかということで頭がいっぱいだった。ななかまどを継ぐために、丹羽と別れまでしたのに、食べ物を扱うお店のスタッフが味覚障害で、本当にやっていけるのだろうか。味のわからない店員なんて、ななかまどにいる意味がないんじゃないだろうか、そうぐるぐると考えては不安になっていた。

そして、バレンタインデー当日。朝起きて（体調が少し回復したかな）と私は思った。今日は紺堂にデパートで買ったチョコブラウニーも渡すつもりだったから、お店に出ることにした。

「千夏さん、大丈夫ですか」

「もっと休んでいてもいいのに」

そう心配する高瀬さんと紺堂に、私は笑いかけた。

「あまり休んでいると、体がなまっちゃいますから。働いていたほうが、たぶん私は元気」

数日更新が途切れていた、インスタの投稿も今日はできた。

「今日はバレンタインデーですね！　洋食屋ななかまどでは、金沢在住のお菓子研究家、平井真里さんのハンドメイドのチョコレートクッキーとガトーショコラを販売しています。ランチに寄ったついでに、大好きな人にプレゼントしませんか？　お待ちしています。#金沢　#洋食屋　#レストラン　#バレンタインデー　#平井真里さん　#ハンドメイドクッキー　#ハンドメイドケーキ」

ランチタイムのチキンソテーの出方も盛況で、お客さんがまた少しずつ戻ってきたことにほっと胸をなでおろした。ランチの人が退けた二時過ぎのこと、ドアベルがチリンと鳴って、入ってきたお客さんを見た私は驚いた。――丹羽の後輩、水橋なつめさんだった。

水橋さんはつかつかと私の前までやってくると、怒り心頭といった様子で口を開いた。

「あなた、丹羽さんを振ったんですってね。結局、なかなかまどのコックさんと結婚するんですってね」

水橋さんの様子に気おされながらも、顔を上げていないといけないと思い「はい」と答えた。この言葉を言うのは血がにじむ思いがしたが、彼女に告げた。

「あなたさえよかったら、丹羽さんのそばにいてあげてください」

途端、私は怒鳴られた。

「私なんか、とっくの昔にフラれてるわよ！」

水橋さんはまくしたてる。

「あなたバカじゃないの、丹羽さんに好きって言ってもらえて、お付き合いできて、東京にも来てほしいって言われてて――それをひっくり返して、家業のほうが大事だなんて。なんで東京に一緒に行かないのよ、丹羽さんを幸せにできるのは私じゃなかったのよ、あなたじゃなきゃ、ダメだったのに！」

水橋さんの丹羽への思いがこれ以上なく伝わってきて、私は平手打ちされたような気持ちになった。彼女が興奮するあまりに、陶器のような肌に赤みがさしている。

「私、丹羽さんは、なんであなたなんだろう、なんであなたがいいんだろうって、お付き合いを始めたという話を聞いたときから悔しくて仕方なかった。だって、私のほうがあなたよりもずっと丹羽さんにふさわしいと思っていたから。私、あなたを自分より下に見ていたみたい。でも、丹羽さんのことを私は振り向かせられなくて、それではじめて気づいたの。自分より誰かが上だとか下だとか、そういう考え方を私がしているのを、丹羽さんに見抜かれていたんだろうなって。いまは丹羽さんがあなたを選んだ理由、少しわかった気がしているの」

水橋さんは声のトーンを落とすと続けた。

「私、もうフラれたいまとなっては、丹羽さんが幸せでいることしか、祈れない。あなたなら丹羽さんを譲ってもいいと思っていたのに。想いが真剣なこと、気づいていたから。――いまからでも、丹羽さんのほうへ行くことはできないの」

自分の心の奥底から、言葉をふりしぼった。

「無理、です……」

言うなり涙がこぼれてきた。水橋さんも、丹羽のことがおそらく好きで仕方なかったのだ。それなのに丹羽の幸せを想って身を引いて、私に道を譲ろうとしてくれている。

「無理なのね。あなたにはがっかりしたわ。――でも、そういう大切なものがあるところが、丹羽さんがあなたを好きな理由なんでしょうね。丹羽さんを振ってまでお店を守るのなら、しっかりやりなさいよ」

水橋さんはそうきっぱりと言うと、くるりと背を向けて店を出ていった。私はその場で立ちつくしていた。頬をどれだけでも涙が伝うけれど、ぬぐうことも忘れたままにまた次の涙があふれてくる。

水橋さんの丹羽への思いをつきつけられて、私の中の丹羽を好きだった気持ちが、ずっとブレーキをかけていたのに一気にあふれ出してしまったのだった。

「千夏さん、上に行きましょう。いったん、休みませんか」

高瀬さんがそう言って、無理やり私を二階へと連れて行った。私の部屋の畳に二人で座ると、高瀬さんは穏やかな口調で言った。

「千夏さん、正直な気持ちを言ってください。いまだけなら、正直になっていいんですよ」

そう言う高瀬さんに、私は苦しくて仕方ない胸のうちを吐きだした。

「私、丹羽さんに何をしてあげられたんでしょう。結局振り回して傷つけただけで

――それなのに、いつまでも忘れられなくて苦しくて。紺堂さんは私にすごく優しくしてくれるのに、どうしてもうまく応えてあげられなくて」

高瀬さんは言葉を選びながら言った。

「人は自分の気持ちに嘘をついていると、心が壊れてしまうんですよ。私も夫と離婚したときに、平気なフリをして元気そうにふるまっていたことがあって。そうしていたら案の定、無理を重ねたのがたたって、職場で倒れて病院に運ばれました。一時は心療内科の薬を飲んでいたんですよ」

「そうだったんですか」

高瀬さんにもそんなにつらい時期があったとは、想像していなかった。高瀬さんは小さい子を諭すように言葉を重ねる。

「だから、どうか千夏さんもこれ以上我慢しないで。千夏さんは丹羽さんや紺堂さんを傷つけてしまっていることが苦しいと思うかもしれないけれど、お二人だって、無理を重ねている千夏さんをきっと心配していますよ。いまは自分の体と心をいたわることだけを考えていてくださいね」

最後にそう私に告げて、高瀬さんはまた階下へと戻っていった。

そのまま私は五時ごろまで布団のなかで休んだ。もう大丈夫かな、と思ったので机の引き出しから紺堂へのチョコブラウニーを取り出し、そのまま階段を下りる。

高瀬さんの「自分に正直に」という言葉はありがたかったが、いま自分が丹羽への恋心に正直になったとしても、丹羽にしてあげられることは何もないことはわかっていた。いまはただ、そばにいてくれる紺堂の気持ちを、多少苦しくても受け入れるほかないと思ったのだった。

厨房に降りると、紺堂が私の足音に気付いて振り返った。いつもなら「千夏さん」と笑ってくれるのに、彼の顔から笑顔が消えていた。

私はちょっととまどいながらも、紺堂にチョコブラウニーの箱を差し出した。

「紺堂さん、あの、これ、バレンタインデー」

「千夏さん、ありがとうございます」

そう言いながらも紺堂の表情はとても硬かった。こんなに苦しそうな彼の顔を見たことはいままでになかった。

「あなたと恋人同士になれたら、僕、どんなに幸せかと思っていました。でも現実は、千夏さんを苦しめているだけのような気がして――つらいです」

「そんなことないですから！」と私は紺堂に駆け寄った。紺堂は声を荒らげる。

「嘘は、つかないでくださいっ！　どんどんやつれていっているじゃないですか。丹羽くんに恋していたときは、あなたはご飯をたくさん食べて、いつも笑っていたじゃないですか。僕には、あのころの千夏さんのほうがまぶしかった」

紺堂の肩が震えた。目元が赤くなって瞳が充血している。

「僕は――僕のつくった料理を美味しく食べてくれる人が好きなんです。いま、千夏さんはどんなご馳走であっても美味しく食べられる状態ではありません。僕はそんなあなたを、もうこれ以上見ていられない」

紺堂は私に向かってはっきり言った。

「千夏さん、本当に、大好きでした。――僕ができる最後のことをさせてください」

「最後、って」

「さっき、丹羽くんに連絡をとりました。――もうすぐ、ななかまどに着くはずです。僕、丹羽くんに金沢に残れないかと聞きました」

「そんな」

私は愕然とした。

「老舗フレンチレストランの話は、あれから別の人に決まってしまいましたが、中村さんは、いまでも別の仕事を紹介してくれると言ってくれています。僕は、やはり――ななかまどを出ることにします」

「いなく、なっちゃうんですか？」

私の声ににじむつらさを聞き取ってか、紺堂が泣き笑いのような表情で言った。

「僕は、千夏さんの帰る場所は、丹羽くんのところだと確信しました。僕が正しいことが、いずれわかりますよ」

丹羽がなかなかまどに来るとわかって、私の心の底から突き上げてくる一つの想いがあった。気力をふりしぼり、紺堂に強い口調で言った。

「私、丹羽さんにはもう会う資格がないんです。——絶対に会わないから。帰ってもらってください！」

そのまま、私はふたたび二階に駆け上がった。自室に鍵をかける。紺堂が追いかけてきて「千夏さん、千夏さん」と呼び掛けるが、私の意思は固かった。紺堂はあきらめて階下に下りて行ったが、小さく「丹羽くん」と声が聞こえた。丹羽が来てしまったのだ、と私は固唾(かたず)をのんだ。

二人が話し合う声が階下から聞こえた。しばらくして、階段を上ってくる足音がする。

「——ちなっちゃん」

懐かしい丹羽の声がして胸がいっぱいになったけど、私はドアに寄りかかると目を伏せて言った。

「ごめんなさい、丹羽さん。帰ってもらえる？」

少し間があって、丹羽が口を開いた。

「みんな、――俺も、心配してるよ。体調崩してるんだって?」

私は身を切られるような気持ちになりながらも、自分の思いが正しく丹羽に伝わるように、ゆっくりと言葉を選んだ。

「私、もう丹羽さんに会えない。東京に一緒に行くこともできないし、まして金沢に残ってほしいとも思ってない。丹羽さんには、東京で夢に向かってがんばってほしいの。ずっと応援してる。だから――今日は帰って。さよなら」

またしばらく間があった。丹羽は私の言葉を、受け止めているようだった。

「ちなっちゃんの気持ち、よくわかったよ。――俺、東京でがんばるから。絶対、やりたいことを叶えるから。いままでありがとう。最後に、ごはんはちゃんと食べなきゃダメだよ。俺との約束。守ってね」

丹羽の声が優しく心に沁みていって、私は涙をこらえた。

丹羽が階段を下りていく音が聞こえて、その音がだんだん小さくなっていく。私はようやく、体から力が抜けていくのを感じた。

丹羽が、ひどい別れ方をしたにもかかわらず、私を心配して会いにきてくれた。そんなことをしてくれるなんて思ってもみなかったから、ただ嬉しかった。顔を合わせはしなかったけど、そのことは、ずっとこの先も忘れないと思った。

じゅうぶん待って丹羽が帰ったと判断したあと、自室を出て厨房に下りていくと紺堂から聞かれた。

「丹羽くん、帰ってしまいましたよ。本当にあれで、良かったんですか」

「うん、いいんです。――私、自分がなかなかまどに真剣だから、丹羽さんが自分の目標に対してどれだけ賭けているかがわかるんです。東京でやりたいことをやる丹羽さんが、たぶん私はずっと好きだから」

私ははっと口をつぐんだ。自分はまだ紺堂と付き合っているようなものなのに「丹羽さんが好きだから」とつい口走ってしまった。

紺堂は顔をくしゃっとさせて笑い、

「いまのが、千夏さんの本音ですよね」と言った。

「ごめんなさい」と私は目を伏せた。

「僕たちも、終わりにしましょう。替わりのコックは、いい後輩がいるので紹介します」

「それでいいんですか？」

力強く頷いた紺堂に、私は心をこめて言った。

「私、もちろん丹羽さんのことが好きだったけど、紺堂さんのこと、素敵だと思えるところいっぱいありました。父のとりはからいでこの店に来てくれて、一生懸命がんばってくれていたのに、こういう結果になってごめんなさい。それと、このチヨコブラウニーは紺堂さんのために買ったものだから。受け取ってください」

深々と頭を下げた私に、紺堂は微笑んだ。彼の目はまだ赤かったけど、泣いてはいなかった。

「ありがとうございます。いただきます。僕にとって一生ものの恋ができました。

――千夏さんを好きになって、僕は一つも後悔していませんから」

八皿目　お別れの柚子サイダー

1

　二月下旬、私は紺堂がランチ用につくったミネストローネを、そろそろとスプーンで口に運んだ。塩気とトマトの風味がちゃんと感じられる。

「うん、美味しい。味の感じ方、元に戻ってきたみたいです」

　私がそう言うと、高瀬さんが笑顔になった。

「千夏さん、最近ごはんもちゃんと食べられるようになってきてますしね。本当に良かったです」

「えへへ」

　私は笑った。バレンタインデーの日に丹羽が言っていた「絶対、やりたいことを叶えるから」という言葉を思い出すと、私の中に元気が少しずつ戻ってきたのだった。だんだんと以前のようにお腹がすくようになり、がくんと減っていた体重も元に戻り始めた。

「千夏さんが元気になったら、言おうと思っていましたが」

紺堂が口を開いた。私と高瀬さんは紺堂のほうへと体を向けた。

「僕、料理修業として、フランスのお店で働くことにしました。中村さんがいろいろ伝手を用意してくれて。とりあえず準備のために、春からフランスへ渡ります」

私と高瀬さんの頬が一気に紅潮した。

「えーっ、すごい！」

「本当ですか、新しい門出ですね！」

「ありがとうございます」

紺堂はにこにこしながら、私たちに言った。

「洋食を学んでいるからには、フランスで一度は働いてみたくて。でももし気候や食べ物が合って問題なさそうだったら、ずっとそっちにいるかもしれません」

「そうなんですか……」

私のせいで出ていくようなものだったので、寂しくなるね、とは気が引けて言えなかったけれど、とにかく紺堂の新しいスタートを心から応援したいと思った。

「おめでとうございます。すごいなあ、紺堂さん。私もがんばらないと」

私の言葉を受けて、紺堂が優しい口調で言う。

「僕も、丹羽くんも、ななかまどでがんばる千夏さんに、夢に向かう勇気をもらっていたんですよ、だから、千夏さんも自分の仕事を誇りに思ってくださいね」

「そんなこと言われると、目がうるんじゃいますよ」

紺堂が『誇りに思って』と言ってくれた言葉が、この上なく嬉しかった。

「私のところの隼太も、保育園最後の年ですね」

高瀬さんがそう言い、私は訊いた。

「隼太くん、お絵描きいまもやってるんですか？」

「この間、保育園の絵のコンクールで、金賞をもらったんですよ」

「わぁ、素晴らしいですね！」

「一年生まで、あとちょっとになっちゃった。子どもも、みんなも、成長が早いなあ……」

「高瀬さん、みんなのお母さんモードになってますね」

私が笑うと、高瀬さんは胸をはった。

「一応、このメンバーの中では最年長ですから」

紺堂がごほん、と咳を一つして言った。

「僕の後輩の新しいコックの永森（ながもり）も、四月からななかまどに入ってくれる予定です。僕が三月半ばにはもうフランスに発つので、直接の引継ぎはできませんが、店長から借りているレシピノートは、店長の了解をとってもう永森に預けてあります」

「永森さん、どんな人ですか？」

私がそう聞くと、紺堂は笑った。

「まだ二十三歳ですが、腕はたしかです。若いけど奥さんとお子さんがもういる奴で。以前僕が勤めていたホテルの洋食レストランで一緒に働いていましたが、お店で勤めてみたかったらしいので、なかまどを紹介しました」

私は紺堂のはからいに、改めて感謝の気持ちでいっぱいになった。

「紺堂さん、本当にありがとうございます。私、紺堂さんと一緒に働けて本当によかったです。このお店にいてくれたこと、ずっとこの先も忘れません」

私が目を赤くしながら言うと、紺堂は笑った。

「そう言っていただけたら、本望です。なかまどを出るまで、あと三週間ほどですが、最後までよろしくお願いします」

お互いに「よろしくお願いします」と頭を下げ合ったあと、時計を見て私は言った。

「あ、そろそろ開店時間になる！　みなさん持ち場につきましょう」

紺堂と高瀬さんの声が「はい！」と重なり、今日もなかまどのランチ営業が始まった。

二月の最終定休日、私は父に呼ばれて仏間へと入った。座卓を挟んで向かい合わせになって座ると、父が口を開いた。

「前々から考えていたんだが、四月からお前に店長をゆずろうと思う。——俺は直哉くんが出ていったあと、永森くんが来るまでの間はもちろん店でコックとして料理をするが、永森くんが定着したらときどき手伝うくらいにして、まず腰をじっくり治そうと思っている。永森くんの給与分だけ家計の面ではちょっと苦しくなるが、そのくらいの蓄え（たくわ）はあるしな。どうだ、店長の話はまだ早いか？」

私は首を横に振った。

「その話、受けさせていただきます。父さんと、母さんのなかまどを私が継いでいくから。がんばるから——だから、腰をちゃんと治してね。紺堂さんの料理も美味しかったし、次に来る永森さんもいい腕と聞いているけど、私やっぱり、父さんの味がいちばん好き。だから、まだまだ引退しないでね」

父は破顔（はがん）した。

「最近のお前は本当にがんばっているからな。なかまどをまかせても、なんの心配もない」

父はにこにこすると、仏壇の母の遺影が収まる写真立てを見て言った。

「陽子に、お前が店長としてがんばっている姿、見せたかったなあ。――いや、天国できっと見ているだろうなあとは思うんだが。それでも、見せたかったよ」

父の想いが伝わってきて、私の心にも明るい光がともるようだった。

母はきっと、空の向こうから見守ってくれている。大丈夫だ、という気持ちがお腹の底から湧いてきて、私は父に声をかけた。

「ねえ、父さん。今日寒いからラーメンでも食べに行かない」

「おお、いいぞ。久しぶりに8番らーめんでも行くか？」

父の言う「8番らーめん」とは、石川県をはじめとして北陸にたくさん店舗がある、県民にはとても身近なラーメンのチェーン店だ。麺の上にはキャベツやもやし等の野菜がたっぷり載っていて、子どものときから家族や友達とことあるごとに食べてきた、馴染みのある味だった。

「いいね、塩か味噌か迷うな。とりあえずトッピングにバター載せたい」

私はそう返事をすると、コートを取りに自室へと戻った。


その電話がかかってきたのは、二月最後の日だった。レジ横の電話が、開店してすぐリリリン、と鳴ったので、私は受話器を取る。

「はい、洋食屋ななかまどです」

「わたくし、金沢市の情報誌の編集長をしている新津と申します。このたび、四月号で金沢の洋食特集を組むことになりまして、洋食屋ななかまどさんも載せたいと思っているのですが、取材とインタビューを受けていただくことは可能でしょうか」

「ちょっと、店長を呼びますね」

私はそう言うと、父に電話を替わったが、父は電話口で言った。

「春から、娘に店長を譲ることになったんですよ。そのインタビューは娘にやらせます。新しい店長として紹介いただければ。ええ、もちろん取材は可能です」

父の言葉を聞きながら、ドキドキしてきた。父から受話器をふたたび渡されたので、私は聞いた。

「インタビューは、いつごろになりますか」

「ええと、今日から一週間くらいの間で、ななかまどさんのほうでご都合のいい日時を提示していただければ、お店に伺います」

私は、ランチタイムとディナーの時間のあいだに来てくれたら、と先方に伝え、電話を切った。隣で聞いていた高瀬さんに「どうしよう」と言った。

「ななかまどにインタビュー来るんですって！　取材の前に、美容院行かなきゃ。

髪、伸びっぱなしですから」

高瀬さんの言葉に、紺堂は調理の手をとめて満面の笑顔になった。

「情報誌に載ったら、きっとお客さんいっぱい来ますね！　やったじゃないですか」

紺堂の言葉に嬉しくなる一方で、雑然とした店内が気になった。

「そうですね、ああ、あっちもそっちも、掃除して片付けとかないと」

わたわたと慌てながら、私は新しい風が自分のほうへと吹き始めたように感じた。丹羽も紺堂も、もうすぐ金沢からはいなくなってしまうけれど――みんなが、新しいスタートに向けて準備を始めている。私も、がんばらなくちゃと身が引き締まった。


三月はじめごろに、情報誌のインタビュアーの方が、カメラマンと一緒になながまどにやってきた。インタビュアーは四十代くらいの酒田さんという女性で、眼鏡が似合っていて知的な雰囲気のある人だった。

おすすめメニューや、インスタグラムを始めたことに対する反響などをいろいろと訊かれたあとに、酒田さんが私に言った。

「千夏さんは、まだ二十二歳とお若いですが、お父様から譲り受けたななかまどを、今後店長としてどんなお店にしていきたいですか？」

「そうですね」と私は言葉を切って考えた。

「いらしてくれたお客様が、お料理とサービスで温かい時間を過ごして、ほっとしたな、くつろげたからまた来たい、と思ってくださるお店にできたらと。いってみれば『もう一つの我が家』のような。もちろん、父が店長を務めていた時代も、スタッフの一員として、そんなお店にできたらいいなと思っていましたが、私に代替わりして、そういうお店にしたいという思いはますます強くありますね。このお店で、私ができることを一つ一つこれからも探し続けていこうと思ってます」

酒田さんはそこでICレコーダーのスイッチを切ると、「ありがとうございました」と言った。カメラマンの吉村（よしむら）さんは強面（こわもて）で髭（ひげ）を生やしているので、少し緊張する。店内を撮影したあと、吉村さんは私の写真を撮ると言った。

「意志の強そうな、いい表情をしていると思います。なんというか、目に光がありますね」

吉村さんはずっと無口だったが、最後にぼそりとそんな一言を言ってくれて、私はちょっと恥ずかしくも嬉しかった。

「また、情報誌に掲載する前に、この文面と写真でOKかチェックしてもらいますので、メールアドレスを教えてください。三月半ばごろ記事の内容を、メールに添付して送ります」

「わかりました。今日はありがとうございました」

一礼をして、酒田さんと吉村さんをドアのところで見送った。三月の春浅い柔らかな空がドアの外には広がっていて、私は冬の終わりを感じた。みんなが門出を迎える、春が到来するのだ。心の内が磨かれた鏡のように澄むのを感じて、私は思いきり深呼吸した。


三月八日、紺堂がなかまどに最後の挨拶に来た。三月十日にフランスに向けて、関西国際空港から発つと紺堂は私たちに言った。

私は微笑むと「ちょっと待ってくださいね」と言って、店の奥に置いてあった大きな花束を出してきて高瀬さんと一緒に渡した。

「ごめんなさい、ちょっと邪魔かもしれないけど……でも、私たちからの気持ち」

「千夏さん、高瀬さん、店長、ありがとうございます。とても嬉しいです」

紺堂は白い歯を見せて笑った。いつもと変わらない爽やかな笑顔に私の心もなごんだ。

「僕、フランスでまた一回り大きくなってくるつもりです。このなかまどでたくさん思い出ができました。本当に、このご縁を忘れません」

紺堂との日々を思い出し、私は思わず涙ぐみかける。父が紺堂に向かって言った。

「それ以上大きくなられちゃあ、ななかまどに遊びに来ても、ドアから入れなくなるぞ」

父の冗談に、みんなして笑う。

「日本に帰国したときは、顔出してくださいね。みんな待ってますから」

「本当に。フランスの土産話も聞きたいので」

私と高瀬さんは口々に言い、紺堂も「はい、ぜひに」と了承してくれた。

「ではそろそろ、大阪行きのサンダーバードに乗らないといけないので、駅に向かいます。みなさん、またお会いできる日を楽しみにしています」

「またね、紺堂さん！」

「元気でね！」

大きく手を振り合って別れた。紺堂が出ていったあと、名残惜しい気持ちでいっぱいになりながら、ななかまどのドアを閉めると、私は父と高瀬さんに言った。

「さ、もうすぐランチタイム。今日は鶏のマカロニグラタンでしたよね。それでは一日、がんばりましょう」

2

三月半ばの少し春めいた日、私の卒業式があった。大学の講堂に卒業生が集められて学位授与式がとりおこなわれ、私も袴姿で卒業生として出席した。クラスメイトたちと泣いたり笑ったりしながら別れを惜しみ、夜は学科の卒業パーティーが遅くまであり、みんなと食べたり飲んだりと、楽しい時間を過ごした。

ほろ酔いで自宅に帰ってきて、家に入る前に何気なく郵便受けをのぞいた。一通、封筒が届いている。誰からだろう、と裏面を見てはっとした。差出人のところに「丹羽 悠人」と、少しクセのある字が並んでいて、私の酔いはいっぺんにさめた。

心臓が早鐘のように鳴りだすのを、胸に手をあてて押さえながら、手紙とパーティーバッグを持って自室へと入った。

少し震える手で、はさみを取り、封筒を開封した。中には便箋が一枚入っていて、こんなことが書かれていた。

『ちなっちゃん、久しぶり。俺は、もう来週には東京に発つことになりました。その前に、ちなっちゃんに最後にどうしても会いたいと思っています。見せたいものがあるんだ。ななかまどがお休みの三月十八日木曜日、午後二時に湯涌温泉のそばの金沢湯涌夢二館に来れますか。待っています』

「どうしても会いたい」という言葉に、私は泣きそうになった。丹羽が、そう思ってくれていたなんて――。ひどい振り方をした上に、このあいだもせっかくななかまどに来てくれたのを追い返したというのに……行くべきか、断りの返事をするべきか――十八日までは、あと数日あった。再度丹羽の手紙を読み返した。丹羽の声、笑顔、しぐさ、抱きしめてキスしてくれたこと――二人で過ごした記憶がつぎつぎと押し寄せてきて、とても胸が苦しくなる。でも、一つだけわかっていることがあった。

この機会が、たぶん丹羽と会える人生最後の日になりそうだということだった。丹羽は東京で学芸員として働いて、彼なりの輝かしい夢に向かっていくのだから。そしてその隣に、私はいられないのだから。

「行こう」と私は一人部屋でつぶやいた。行って、あともう一回だけ「丹羽さん、がんばって」と彼の背中を押すことがたぶん私にできることだ。丹羽は私との思い出づくりを、考えてくれたのだろう。そのことに、本当に丹羽からの思いやりを感じて嬉しかった。私は手紙を引き出しのなかに大事にしまい、着替えをして布団を敷くと部屋の明かりを消した。

　三月十八日は、まだ風は冬の冷たさを残していたけれど、陽ざしには春のまぶしさがあった。私は、この日のために買った紺色のワンピースにオフホワイトのダウンジャケットを合わせ、金沢駅で買い物の用事をすませたあと、湯涌温泉行のバスに乗り込んだ。事前に調べたところによると、金沢駅から湯涌温泉バス停までは四十五分ほどかかるらしい。

「金沢の奥座敷」と呼ばれている湯涌温泉には、母の生前に、総湯（そうゆ）「白鷺（しらさぎ）の湯」のほうへ家族みんなで浸かりに行くこともたまにあった。けれど市街地から離れていることもあり、母が亡くなってからは忙しくて温泉どころではなかったのもあって、ここ近年は足が遠のいていた。

　早春の山や里の景色をゆっくり味わいながらバスに揺られる。持参した丹羽からの手紙を、膝の上で何度も開いたり閉じたりしていた。

　ふだんなら会う前はドキドキしているものだけど、今日の私の心は凪（な）いだ海のように落ち着いていた。（もうこれが最後だ）という冷静だけどどこか温かい思いで、心は満たされている。

湯涌温泉についてバスを降りようとしたら、バス停の前に丹羽が待っていた。丹羽のふわふわした髪が春の陽ざしに茶色く透けている。私はバスを降りると丹羽に駆け寄った。

「来てくれるなら、絶対このバスだと思ったから。俺は一つ前のバスで来て、心の準備をしてたんだ」

丹羽はそう言って柔らかく微笑んだ。

「今日は誘ってくれてありがとう」

私も笑顔になった。もう二人とも、時間が残されていないことはわかっているから、あとはせめて楽しいときを過ごしたい。そう思って「こっち」と歩きだした丹羽の後ろについていった。

「私、夢二館に来るのははじめてなんだ」

私がそう言うと、丹羽が「んー」と指を折りはじめた。

「俺は、学部生時代、院生時代合わせて、十回は来てるかな。竹久夢二は俺の研究対象の一人でもあるから」

「そうなんだ」

金沢湯涌夢二館は、バス停から歩いて数分のところにあった。エントランスから入り、受付の窓口で観覧料金を払うと、私たちは閲覧室に入った。

一階が常設展示室、二階が企画展示室となっている。まずは常設展示室に入って、飾られている夢二が使った画材や、夢二の画集などをガラスケースの外から眺めた。

「竹久夢二は、大正時代に活躍した詩人であり、画家なんだ。金沢のほかにも、全国に美術館があってね。東京の文京区の弥生美術館、竹久夢二美術館とか、夢二のふるさと岡山県の、夢二郷土美術館とか。伊香保にも、竹久夢二伊香保記念館があるしね」

丹羽がゆっくりと解説をはじめた。

「この金沢の湯涌に美術館がある理由は、夢二の妻だった岸たまき、たまきと離婚したあと夢二の大恋愛の相手となった笠井彦乃、夢二の絵のモデルになったお葉、この三人が金沢と縁があったからなんだけど、なかでも夢二がこの湯涌温泉に、当時の恋人笠井彦乃と、三週間も滞在したことによるものなんだ。彦乃はその滞在のすぐあと、病気で死んでしまったんだけどね。女性の噂の絶えない夢二だったけど、彦乃のことは、自身が生きてる間ずっと『永遠のひと』だったらしい。夢二が死ぬまで外すことのなかった指輪に、彦乃の名前が刻んであったんだって」

私は丹羽のあとについて、夢二と彦乃の合作の帯や、彦乃が描いた絵の展示を眺めながらじっと聞き入っていた。彦乃の遺品である櫛やかんざしも、鏡台と一緒に置いてあった。

「夢二の絵にどうしてこんなに惹かれるのか、考えていたんだけど、描かれた女性が繊細で弱くも、反対にたくましくて強くも見えるんだよね。女の人の素敵なところを、絵として描き出すことで、その魅力を純粋なところも魅惑的なところも余すところなく伝えている。夢二は女性のすごい観察者だったんだと思うよ」

私たちは今度は二階の企画展示室に行き、丹羽がまた一つ一つ夢二の魅力について、絵の解説をしてくれた。

丹羽が、私に研究対象のことまで詳しく語ってくれたことははじめてだったので、とても嬉しくなった。丹羽は、一歩一歩、自分の進みたい道に向かって、足もとを固めている。その様子を、これから先そばで見られないことは寂しかったけど、私自身もがんばろうと思えた。

「ちなっちゃんと一緒に、この夢二館に来たかったんだ。ちなっちゃんに、この湯涌の地で、夢二の絵を見せたかった。ちなっちゃんなりに、何か心にとまるものがあれば嬉しいな」

私は飾ってある絵をまっすぐに見つめながら言った。

「彦乃さん、死にたくなかったでしょうね。ずっと、夢二の隣で、過ごしたかったと、本当は思っていたんじゃないかな」

「そうだね。——俺も、そう思う」

病気と死という残酷な運命にひきさかれた、画家とその恋人に思いをはせながら、私と丹羽は、時間をかけて館内の展示品をすべて鑑賞した。


夢二館を出たところで、丹羽が意を決したように言った。

「ちなっちゃん、まだ時間ある？」

私がとまどいながら頷くと、丹羽が切り出した。

「実は、このあと、日帰り夕食つきのプランを、湯涌温泉にとってあるんだ。もし、ちなっちゃんさえよかったら、寄ってかない？　夜にはちゃんと帰れるようにするし、でも、ちなっちゃんと最後の時間をゆっくり過ごしたい」

丹羽の真剣な目に見つめられて、私は胸をいっぱいにしながら「うん、いいよ」と頷いた。

丹羽と一緒にひなびた湯涌の街を散策したあと、一つの温泉宿に入った。「予約してある丹羽ですが」と丹羽がフロントに告げると、仲居さんが案内してくれた。

丹羽の思惑がどういうものなのかわからず、私は少しだけ緊張してきた。

通された和室は広々と清潔で、私は「お茶でも淹れる？」と丹羽に聞いた。丹羽は「いや、後でいい」と言うと、私に向かい口を開いた。

「今日来てくれて、ありがとう。東京に行く前に、どうしても顔が見たくて」

「うん、私も、丹羽さんに会いたかった」

二人でしみじみしながら会話を交わすと、丹羽が私を見つめて微笑んだ。

「ちなっちゃんにお願いがあってさ」

「お願い？」

きょとんとする私に、丹羽が言った。

「実は、ちなっちゃんの絵を描きたくて。それこそ夢二がこの湯涌で彦乃の絵を描いたみたいに、温泉で恋人の絵を描くことが、ずっと俺のあこがれだったから。ちょっとミーハーだけど」

「えーっ」

びっくりしたあとに、気恥ずかしさで私は顔を伏せた。嬉しい。すごく嬉しい。でもどういう顔をしていいのかわからない。

「いいかな」

「いいけど、でも、ちょっと恥ずかしい」

「たいした技量じゃないこと、わかっているけど、でも心をこめて描くから。――その、窓際の椅子に座ってくれる？」

私は、丹羽に言われたとおり、早春の午後の光が入る窓際の椅子に腰かけた。

「足、そろえて。顔は、ちょっと斜め、手は重ねて膝の上に置いて。そう、そんな感じで。動かないで」

丹羽は鞄のなかからスケッチブックと鉛筆を取り出し、手を動かし始めた。丹羽が集中しはじめたのがわかって、私は口を閉じた。十分、二十分、と身動きできないまま時間が経っていくなかで、私は丹羽と仲良く過ごしたここ一年近くのことを鮮明に思い出していた。

春に出前に行ったら、浮世絵の美人画を「綺麗だろ?」と見せられて「丹羽さんは本当に変態ですね」と憤ったこと。夏に、21世紀美術館でデートをして金沢ぱふぇを食べたこと。秋、隼太くんと一緒にお絵描きする丹羽を、優しい気持ちになりながら見ていたこと。はじめてキスされたクリスマスの夜のこと。冬はいろんなことがあった。二人で一緒にスカイツリーと浅草に行った。紺堂の車に乗って病院に行って、丹羽と喧嘩になりかけたこともあった。そして、丹羽に別れを告げて泣きながら雪道を帰ったこと、私が体調を崩したのを心配して、丹羽が会いに来てくれたけど、つっぱねて帰ってもらったこと——。

走馬灯のように丹羽との思い出が、頭の中をかけめぐり、私の胸を(ああ、本当に最後だ)という想いがつらぬいた。

「ちなっちゃん、できたよ。見てくれる?」

丹羽から声をかけられて、はっと現実に戻って来た。椅子から立ち上がり、丹羽の背後に回って絵を覗き込んだ。スケッチブックの中には、まぎれもなく私が描き出されていた。

「え、すごい。本当にすごい」

丹羽がデッサンした私の絵は、本当によく私自身の特徴をつかんでいて、一つも不自然なところはなかった。丹羽は描く前に「たいした技量じゃない」と言っていたのに、全然そうではなかった。

「前に隼太くんに絵の指導をしてたときもすごいと思ったけど、こっちのがすごいね」

すごいとしか言えない自分の語彙力のなさを痛感しながらも、私は喜びの声をあげた。

「俺用に一枚だけでもいいかなと思ったけど、ちなっちゃん、自分の分もほしい？」

「ほしい」

私は即答した。丹羽は、さっきとは違うポーズで私を椅子に座らせると、また三十分ほどかけて、私用の絵を仕上げてくれた。

せっかくなのでと交互に温泉に浸かりに行った。タオルなどは売店で買えた。いいお湯で温まった後、髪を拭きながら部屋に戻ってくると、先に上がっていた丹羽が「これ飲もうよ、二人で」と透明の瓶を差し出してきた。瓶には綺麗な青と黄色のラベルが貼ってある。

「あ、これ、知ってる！　湯涌のサイダーだっけ」

「ご名答。金沢湯涌サイダー柚子乙女だよ。売店にあったんだ。このラベルにデザインされている絵は竹久夢二の美人画の一つで、俺、夢二館に来るたびこれ買って飲んでる」

「お風呂あがりにぴったりだね」

サイダーを開けて、ゆっくりと口に含んでみた。柚子の香りが爽やかに広がり、鼻へと冷たさが抜けていく。甘すぎなくて、美味しくて、何より丹羽と同じ飲み物を一緒に楽しめていることが、とても幸せだった。

そのままたわいない話をしているうちに、仲居さんが夕食を運んできた。豪華な懐石料理に歓声をあげて、丹羽と二人で食事をした。

少しずつ、空が暮れてゆくのが室内からでもわかる。丹羽が箸を置いて言った。

「ごめん、これくらいしかしてあげられなくて」

「ううん、じゅうぶん嬉しい。丹羽さんと一緒にいられて、本当に楽しかった」

私はお礼を言うと丹羽の顔を見つめた。もうこのさきは会えなくなるのだから、目に焼き付けておきたい。その表情も、しぐさも、何もかもを。

食べ終わったあとにお膳がさげられて、丹羽が時計を確認した。

「次に出るバスに乗ろう」

「そうだね」

丹羽が「最後に」と私の目をまっすぐにとらえた。

「ちなっちゃんと一緒に生きていけたら、って俺何度も思ったよ。でも、いまの俺はちなっちゃんにどんな約束も、何一つあげられない。ななかまどで学生のまま、ランチ食ったり、ちなっちゃんに出前してもらったり、そんな日々が続けばいいなって思っていたけど、そうしていても、俺が本当になりたい自分にはなれないから。俺なりに大人になるために、金沢を離れるよ。東京で本当に努力して、やりたいことを叶えられるくらいに力をつける。だから、ちなっちゃんもがんばって。本当に、大好きだよ」

私も目をうるませながら言った。

「私、丹羽さんを好きになって本当によかった。丹羽さんに出会って、私も自分のやりたいこと、たくさん見つけられた。温かい思いをいっぱいくれてありがとう。丹羽さんが、やりたいこと、ずっとやれるように、私応援してるから。私の前に道がずっと続いていくように、丹羽さんも、自分の階段を上れるところまで上っていって」

「こっち、来て」

畳に向かい合って座っていた私を、丹羽が呼んだ。思い切って、丹羽の腕の中に飛びこんだ。そのまま丹羽に抱きしめられて、私はむせんだ。

「……丹羽、さん。丹羽さん」

「本当に一緒にいたかった」

しぼりだすような丹羽の声を聞いて、私の目に涙があふれた。丹羽の腕にかたく抱きしめられたこの気持ちを、ずっと忘れないと思った。

丹羽のくちびるが近づいてきて、そっと私のくちびるに触れた。羽のように軽い、ついばむような優しいキスを繰り返しているうちに、だんだんそれが深くなり二人ともやめられなくなった。絡む互いの視線に囚われて、吐息が乱れる。丹羽が隠し持っていた激しさにはじめて触れた気がして、求められるがまま何度でも口づけあった。

温泉宿を出て、帰りのバスの中でもずっと手をつないでいた。丹羽の音楽プレーヤーのイヤホンを片方ずつ互いの耳に差し込んで音楽を聴きながら、ときどき思い出したようにしゃべった。途中でバスを乗り継ぎ、一番後ろの席に二人で座るとまた手を重ね合う。

「バス、このままどこにも着かなければいいのにな」

丹羽がぽつんとそう言って、私も頷いた。二人でこの夜のなかに取り残されてしまえば、どんなにいいかと思った。いまは一分一秒でも、時間がゆっくり過ぎてほしい。だけど、時間通りにバスは桜町（さくらまち）に着いてしまった。

バス停で私と一緒に丹羽が降りたので「いいの？」と聞いた。丹羽のアパートの最寄りのバス停はそれより二つ先のはずだ。

「家まで送るよ。俺は歩いてそのあと帰る」

丹羽がそう言うので、甘えることにした。

「星が出てる」

私はそう言って夜空を見上げた。今日は天気がよかったから金沢の空は澄んでいて、小さな星たちが一面にまたたいていた。

「東京の空じゃ、こんなに星が綺麗に見えないかも」と丹羽がつぶやいた。

ななかまどの前にはすぐに着いてしまって、私は「じゃあ」と言った。名残惜しさに身をまかせると、いつまでも離れられなくなる。

「ありがとう。東京でも、体に気を付けてね」

「ちなっちゃんも。あまり無理も無茶もしすぎないように」

「私の性格、よくわかってる」

「当然。だって一番近くにいたからね」

いつまでも会話を続けたかったが春先の夜はまだまだ寒く、丹羽が旅立つ前に風邪をひいたらいけない。気持ちをふりきるようにして「じゃあ、おやすみ」とドアを閉めた。そのままドアにもたれかかり、玄関にしゃがみこんで声を殺して泣いた。

また春が来たけれど、でもこの春は丹羽のいない春になる。たぶんこの先も、延々丹羽のいない春が来る。丹羽より好きになれる人なんてきっとどこにもいなくって、その重みを受け止めながらこれから生きていくんだ。そう思うほかない三月の切ない夜だった。

デザート　桜色のパウンドケーキ

　四月の朝、私はなかまどで朝の掃除をしながら、鼻歌を歌っていた。床を丁寧に磨いて、窓もピカピカにして。テーブルもしっかり拭いて、季節の花を飾って。

「今日から新しいコックさんが来るから、綺麗にしておかなくちゃ」

　紺堂の後輩コックである永森には、専門学校時代に結婚した奥さんと二歳の息子さんがいると聞いていた。家庭を持っているというだけで、自分よりはるかに大人な印象を受けるな、と私は考えた。

　もうすぐ、卯辰山（うたつやま）や兼六園で桜が満開になる。そう思った瞬間に私の頭のなかでひらめくものがあった。

「そうだ、桜のパウンドケーキなんかお店に出してみたら、どうだろう」

　ピンク色をした桜のフレーバーの、美味しいパウンドケーキ。お客さんたちに喜ばれるのではないだろうか。平井さんに相談してみようと私は思い、また鼻歌の続きを歌い出す。

　丹羽は東京で、紺堂はフランスで、それぞれにがんばっているだろう。

そのことを思うと、お腹の底から元気が湧いてくるのだった。

「さて、今日も一日やりますか！」

私はそう声に出すと、春の気持ちいい空気を思いきり吸い込んで伸びをした。

——それから五年の月日が飛ぶように過ぎて、また春が巡ってきた。

私は二十七歳になっていた。

なかなかまどは、インスタグラムを開設した五年前から、少しずつお客さんが戻ってきて、いまでは開設時よりもにぎわいを見せている。インスタのフォロワーも七百人を超えて、毎日のランチやディナーの投稿に「食べに行きます！」「美味しそう」などとコメントもつく。

父から店長を譲り受けてから、私はお店の経営のセミナーに行ったり、車の運転を練習してどこへでも行けるようになったり、レストランサービス技能士といった資格を取ったりもした。帳簿や仕入れの記録もすべてデータ化してしまい、店の売上の動きが一覧してわかるようにした。そのほかにも定休日となれば、評判のレストランや食堂に食べに行っては、自分の店に応用できることがないかを考えた。

そんな風にがむしゃらに働き、なんとかなかなかまどをつぶさずに経営できたことで、私は少しずつ自信をつけた。それほどまでに、この五年は、仕事のことばかり考えていた。

高校時代や大学時代の友人たちからも、結婚式の招待状が届く年齢となっている。奈々子からは先日、夫である将大（まさひろ）さんとの間に赤ちゃんが生まれたという報告を受けた。だけど私自身、そういう話をおめでたいと喜びながらも、誰かと自分がこの先結婚するというイメージをつかめないままでいる。二十二歳のときに、一生分の恋をしてしまったのだろうと思っていた。

常連のお客さんで私に好意を寄せてくる人がいたり、近所のおばちゃんがお見合い写真を持ってきたりしたこともあったが、みな一律に「まだその気になれない」と断っていた。

高瀬さんも永森も父も、そんな私を気遣ってか「彼氏をつくったら」などということは一切言わなかったので、みんなの思いやりをありがたいと思いながら、私は仕事に邁進（まいしん）していた。

高瀬さんの息子の隼太くんは十歳になり、ときどき高瀬さんとなかなかまどに来てくれる。『将来は漫画家になるんだ！』と夢を語っているそうだ。いまでも毎日絵を描いて、一方で小学校に楽しく通っているらしい。なかなかまどに来るたび『ねえ、ピカチュウの絵を描いてくれたあのお兄ちゃん元気かなあ？』と、私に丹羽のことを聞いてくるので、微笑ましく思いながらも『きっと元気にしてるよ』と返事をしていた。そんな日の夜は、丹羽があの日描いてくれた私の肖像画を、机の引き出しから取り出して懐かしく眺めた。

父はいま、永森が休みをとった日になかまどの厨房に立つほかに、金沢市にある料理教室の講師として週に三回ほど講義をしている。父の仕事仲間の人が四年前に紹介してくれたのだ。本格的な洋食が習えるということで、とても人気の講座となっている。いろいろな人が生徒として、父を慕ってくれるのが嬉しいとよく言っていた。重いものを持ち運ばなくてもよくなったので、腰の状態はだんだん快方へ向かい、いまは寝込むこともなくなった。

林田のおじいちゃんは八十歳を過ぎたいまでも、杖をついてなかまどに通ってくれている。永森の考案したハンバーグの新しいソース――きざみオニオンソースが最近のお気に入りだ。ときどき、息子さん夫婦とお孫さんも連れて来てくれるので、その日はとてもにぎやかになる。

永森と父と私で、なかまどのメニューも見直し、あまり注文がない料理をメニューから外したり、逆に人気の商品をもっと前面に押し出して宣伝するようにしたりした。永森の得意なピラフやシチューのバリエーションも増やした。それでも、一番人気のオムライスは、父のレシピを守ったまま永森がつくり続けてくれている。

桜のつぼみがふくらみ、もうすぐ咲きそろい始めようとしているこのごろ、五年前に私と平井さんが考案した桜のパウンドケーキは、春の季節の定番商品となっていた。平井さんの焼き菓子もすっかりなかまどの人気商品の一つとして定着し、季節ごとに替わるケーキやクッキーのフレーバーを、お客さんは楽しみにしている。

三月下旬の土曜日、ランチタイムのお客さんが退けていった時間のこと。コックの永森が、きびきびとお皿を洗いながら私に声をかける。

「桜のパウンドケーキ、今年も大人気ですね。売れ方が飛ぶようですよ。やっぱり桜だから、この時期おめでたいことに使いたいんでしょうね。結婚式の引き出物に、っていう相談も先日ありましたね。大量生産できないので、お断りするしかなかったですけど。でも縁起がいいように見えるんでしょうね」

五年間この店で働いてくれている永森は、丸めがねがチャームポイントで仕事が丁寧な好青年だ。

「桜の時期の結婚式なんて、花嫁さん、綺麗でしょうね」

にこにこしながらそう答えると、永森は私にびっくりするようなニュースを告げた。

「結婚といえば、先日紺堂さんからエアメール届きましたよ。今日持ってきましたけど、見ます?」

「えっ、見たいですっ」

「うそっ」

私と高瀬さんは色めき立った。永森がロッカールームに戻り、エアメールを取ってきて封筒の中に入っていた写真を私たちの前に広げた。古い教会を背景にして、グレーのタキシードを着た紺堂の隣に、栗色の髪の美しい白人女性が、繊細なレースのウェディングドレスに身を包んで立っていた。二人ともはじけるような笑顔が印象的だった。

「紺堂さん、フランス人のパティシエの女の子と向こうで結婚式を挙げたそうですよ。二人で、南フランスにお店を開くのが夢だとか」

良かった、という思いがしみじみと胸を満たした。紺堂の隣で微笑んでいるその女性の幸せそうな顔を見て、胸の中が温かくなった。

「本当に素敵！　お二人とも幸せいっぱいの顔ですね」

私がにこにこしながらそう言うと、永森は優しい顔で言った。

「でも、僕はなんだか予感がするんです。千夏さん自身にも、もうすぐ本当に春が来るような――、なんだかいまにもそのドアを開けて、来るような。そんな予感が」

「ありがとうございます、永森さん。お皿、もうぜんぶピカピカですよ。夜の仕込み、今日もどうぞよろしくお願いします。あ、高瀬さん、お客さん来ましたよ。応対、応対」

「はあい」

それでその場はおひらきになった。私はホールに戻って、先ほど帰ったお客さんが食べ終わったお皿を厨房に運ぶと、洗いはじめることにした。

だんだん天気が悪くなって、四時ごろ、窓の外はうっすら春の雨に濡れていた。永森が温かいビーフシチューを煮ている音が、ことことと厨房から聞こえている。ふっとブラックボードを見ると、高瀬さんがチョークで書いた今日の夜のメニューが間違っていた。

「高瀬さん、これ違ってますよ？　本日のスープはコーンスープで、クラムチャウダーじゃないですし。なんだか今日はミスが多いみたいですね。朝も、仕入れをお願いしていたミルクの発注、忘れてましたし……気を付けてくださいね」

高瀬さんは飛び上がって「すみません」と言った。

「ミルク、急いで買ってきます。もう明日の分、足りないから」

私がそう言ってエプロンを外そうとすると、高瀬さんが私を引きとめた。

「千夏さん、ちょっと待ってください。まだ、ななかまどにいないと――」

「いないと？」

今日の高瀬さんは少しおかしいが、私は「しょうがないな」と思って、外に出るのをやめた。そのままぼんやりとしていたそのとき、チリリンとドアベルが鳴った。

「いらっしゃいま――」

いらっしゃいませ、の言葉は最後まで言えなかった。驚きすぎて言葉が出てこない。雨に濡れたビニール傘の水滴を、ドアのところで切ろうとしているのは――。

そこに立っていたのは、まぎれもない丹羽だった。変わらないふわふわした髪と柔らかな目元に、ひょろりとした立ち姿。仕事鞄を持ち、ネイビーのスリーピースのスーツを着ている。喉がからからになって、私はそこに棒立ちになって動けなくなった。夢を見ているのかと思ったのだ。

「こんちは、久しぶり」

丹羽は懐かしいその声で、私に挨拶した。高瀬さんがはしゃいだ声で、私の背中をどんっと押した。

「千夏さん、注文聞きにいってくださいっ」

私はよろけながら丹羽を窓際のテーブル席へと案内し、震える声で聞いた。

「ご注文は」

丹羽はいたずらっぽい目で私を見、メニュー表をひとしきり眺めた後、ぱたんとそれを閉じて言った。

「えーと、空いていたら席の予約がしたいんだけど」

「お席の予約ですか。――いつ、でしょう」

語尾が思い切り震えた。

丹羽は私をじっと見つめると言った。

「ちなっちゃんの隣の席を。――できたらこの先ずっと」

「え」

「聞こえなかった？」

後ろで高瀬さんが「きゃあ」と言った。

「それ、どういう」

「――俺、美術館で働きながら論文を書き続けていたんだけど、一年前に賞をもらったんだ。それで嬉しくなって、夏休みをとって、イギリスの大英博物館に行って所蔵されている浮世絵を見に行ってきた。ちなっちゃんに昔語った通り、見に行きたいとずっと思っていたから。ロンドンの街を散歩しながら、ふっと思った。俺がここまでがんばってこれたのは、ちなっちゃんと金沢で過ごした日々なしにはなかったんだなって、気づいたんだ。そしていまなら、ちなっちゃんに、胸はって一緒にいようって言えるかな、って思った」

息を呑んだ私に、丹羽が続ける。

「この春から金沢にある大学で、美術史の非常勤講師として採用されたんだ。そのほかにも美術関係の翻訳やライターの仕事もいま請け負ってるから、それらも並行してやっていくつもり。この先金沢にまたいることができるから、なかまどにも前みたいに通わせてもらうね。今日は勤め先の大学でお世話になる方に挨拶があったから、それがてら来たんだ」

言葉よりも先に、また涙があふれた。丹羽とこうしてまた近くで会える日々が始まるなんて、信じられなかった。後ろから高瀬さんが笑顔でやってきて、私の肩をついた。

「実は私、なかまどのダイレクトメールを東京の丹羽さんにいつもこっそり送ってたんです。千夏さんの近況も書き添えて。そしたら二ヵ月前、丹羽さんから私のところに電話がかかってきて、『金沢に戻って、ちなっちゃんと一緒になりたいんですけど、まだ彼氏とかいる気配ないですか？』って。嬉しくて飛び上がっちゃいました」

「高瀬さんには、『今日行きますから、ちなっちゃんがお店にいるようにしてくださいね』ってあらかじめ伝えておいたんだ」

「サプライズ、大成功でしたね」

丹羽が席からゆっくりと立ち上がる。五年前と変わらない、人懐っこい雰囲気。だけどスーツが似合っているし、顔立ちからは学生時代の幼さが抜けて大人びていた。そしてその瞳は、優しさをたたえて私を見つめている。

五年前に別れてから、丹羽を待とうだなんて本当に思っていなかった。東京に行った丹羽の背中を押したことに、後悔など一ミリもない。待ってなかった、待ってなかったはずなのに、私の心はずっと変わらず丹羽を恋しがっていたみたいだ。再会して、そのことが痛いほどわかった。

「じゃあ、丹羽さんは、これから金沢に――？」

震える声で確認した。

「だから、言ってるでしょ。ちなっちゃんの隣の席は、ご予約できますか？」

「……ご予約は、可能です。ずっとずっと、この先も――」

涙ながらにそう言った私の体を、丹羽が両腕でそっと抱き包んだ。

「またちなっちゃんの絵を描かせてくれる？　それをずっと楽しみにしてたんだ」

丹羽の胸に顔をうずめて、私が大きく頷くと、丹羽はくすっと笑って言った。

「ちなっちゃん、ただいま」

目次デザイン・地図装飾――bookwall
地図作成――朝日メディアインターナショナル
地図イラスト――くじょう

本書は､｢note｣に「ほしちか」名義で掲載された「洋食屋ななかまど物語」を改題し、加筆・修正したものです。

この物語は、フィクションです。

著者紹介

上田聡子（うえだ　さとこ）

石川県出身。富山県在住。「note」に「ほしちか」名義で作品を投稿。「洋食屋ななかまど物語」「言の葉の四季」などが人気を博している。

ＰＨＰ文芸文庫　金沢 洋食屋ななかまど物語

2020年7月21日　第1版第1刷

著者　上田聡子
発行者　後藤淳一
発行所　株式会社ＰＨＰ研究所
東京本部　〒135-8137 江東区豊洲5-6-52
第三制作部文藝課　☎03-3520-9620（編集）
普及部　☎03-3520-9630（販売）
京都本部　〒601-8411 京都市南区西九条北ノ内町11
PHP INTERFACE　https://www.php.co.jp/
組版　朝日メディアインターナショナル株式会社
印刷所　株式会社光邦
製本所　株式会社大進堂

ISBN978-4-569-90021-6

PHP文芸文庫

新選組のレシピ

市宮早記 著

現代の女性料理人が幕末にタイムスリップ！　そこで出会った壬生浪士たちに料理番として雇われることに……。彼女の運命はどうなる⁉

PHP文芸文庫

第7回京都本大賞受賞の人気シリーズ

京都府警あやかし課の事件簿(1)~(3)

天花寺さやか 著

人外を取り締まる警察組織、あやかし課。新人女性隊員・大にはある重大な秘密があって……? 不思議な縁が織りなす京都あやかしロマンシリーズ。

PHP文芸文庫

独立記念日

原田マハ 著

夢に破れ、時に恋や仕事に悩み揺れる……。様々な境遇に身をおいた女性たちの逡巡、苦悩、決断を切り口鮮やかに描いた連作短篇集。

PHP文芸文庫

婚活食堂 1

山口恵以子 著

名物おでんと絶品料理が並ぶ「めぐみ食堂」には、様々な恋の悩みを抱えた客が訪れて……。心もお腹も満たされるハートフルストーリー。

PHP文芸文庫

昨日の海と彼女の記憶

近藤史恵 著

25年前、カメラマンの祖父とモデルを務めた祖母が心中した。高校生の光介がそこに感じた違和感とは。切なくてさわやかなミステリー。